變態靈異學院
Vol. 2
蝙蝠×Taaro

樓厲凡

身分：20歲，拜特靈異學院一年級新生，在魔女家庭長大。
個性：對身外之事很冷淡，但同時又很暴躁易怒，尤其針對霈林海。遇到不爽的事情就出口威脅，說最多的就是「殺死你」。
能力：B級。徒手封印。靈力性質中帶有部分破壞能力。
喜歡：學習。特訓霈林海。
討厭：蠢材，以及淨化用的枇杷（因外婆是千年女鬼）。
思維模式：
1、看你不順眼——不鳥你。
2、被惹怒（經常）——殺死你！
3、與自己無關的事——不看不理不關心。

霈林海

身分：25歲，拜特靈異學院一年級新生。
個性：溫和，好說話、好欺負。面對樓厲凡時，稍微有點懦弱，而且一聽到樓厲凡的暴吼就會尋找逃路。
能力：未測，應是特A以上三級。除靈感力外全能。
喜歡：看書。種花草。喝綠茶。
討厭：陰魂。
思維模式：人不犯我我不犯人，但人若犯我我就裝沒看見。

天瑾

身分：19歲，拜特靈異學院一年級新生。
個性：非常陰森陰鬱，但很強勢且獨立，興趣喜好是用陰森森的語氣把人嚇個半死。
能力：B級中下。預感、遙測、推算。
喜歡：把自己關在陰森森的房間裡推演命運，用推算的結果去嚇唬威脅其他人。
討厭：白痴。
思維模式：一切以自己為中心。有話直說，不管他人聽不聽得懂；有事就要求別人做，不管別人方不方便。

御嘉&頻迦

身分：短髮的是御嘉，長髮的是頻迦。是樓厲凡的式神，死去時年齡20歲左右。
個性：活潑、愛撒嬌，卻也聒噪、蠻橫不講理。
能力：低階式神，無法離開樓厲凡的身邊，但樓厲凡的能力她們幾乎都有。
喜歡：帥哥美女。
討厭：醜男。
思維模式：人家不要嘛～～↑不要的東西就破壞掉吧！

貝倫・迪亞那

身分：零度妖學院理事長，523歲，獨身。原形是狼妖。

個性：外形和內在都很不錯，在妖怪中的人際關係非常好，很常使用誘惑之術，相當受女性歡迎。

能力：變化自身與他人。由於是妖怪，能力無法以靈力衡量。

喜歡：看書。每晚曬月亮。看別人為難的樣子。

討厭：說謊者。

思維模式：敢負我者，生不如死！

愛爾蘭

身分：零度妖學院校長，約300歲，東崇的情人。原形是山貓，常以十四、五歲小女孩的外貌出現，實則人形是成熟女性的樣貌。

個性：平時很淑女文靜，但是對待情人時卻蠻不講理，難以說通，稍不如意便拳打爪抓。

能力：變化。由於是妖怪，能力無法以靈力衡量。

喜歡：喝酒，但是一喝就醉，一醉就發瘋。

討厭：討厭所有接近東崇的男人和女人。

思維模式：偏激、固執，認定什麼就是什麼，難以更改。

東明饕餮

身分：23歲，拜特靈異學院二年級。
個性：稍微驕傲，有點以自我為中心，像是個被寵壞的孩子。
能力：推算。由於被東崇再造身體，因而和東崇共生，能力與東崇相同。
喜歡：一個人遊蕩，或坐在黑暗處嘮叨。曬太陽。
討厭：殭屍。由於體質的關係經常被人忽略，所以很討厭別人不注意自己。
思維模式：任性。

東崇

身分：千歲以上，拜特靈異學院二年級。愛爾蘭的情人。
個性：城府隱藏得很深，不熟悉者常被他好好先生的樣子所騙。
能力：殭屍裡的最高級別旱魃，同時又有一半吸血鬼血統。
喜歡：為了東明饕餮而到處藏殭屍。
討厭：無。
思維模式：很容易同意他人看法，但是有自己的主見時絕不改變。

CONTENTS

第1章

來，看著老師，不要眨眼

樓家姐姐們在樓厲凡他們那裡住了幾個星期，雖然她們很喜歡弟弟和霈林海被欺負時的悲慘反應，想再繼續住下去，可是事與願違，樓家爸爸那裡忽然寄來了一封信，說是家裡有重要的事情需要她們三個回去支援，她們才拖著比來的時候更巨大的行李，一步三回頭的回家去了。

呃？行李裡面是什麼？

天知道那是什麼啊！不過據說她們走了以後，那變態校長在教學樓的百層樓頂嚎哭了好幾個晚上，不知道又被她們打劫走了什麼重要的東西。

她們走了以後只來了一封「我們還會再來的哈哈哈哈」這樣的信，後來就再沒音信了，這樣看來樓家爸爸所說的「大事情」似乎的確不小，否則像她們這種「說了三更來索命，絕不留你到四更」的個性，說完還會回來卻長久沒反應的事情根本是不可能發生的。

在確認那三位魔頭姐姐至少短期內不會來之後，樓厲凡喜極而泣的向佛祖和耶穌都上了兩炷香。

※◆◇◆◇◆◇◆※

拜特學院從九月開學以來還沒有舉辦過什麼重大的活動，這讓一部分想靠著那些活動來勾搭——不，應該是結識——美男美女的人很是心急如焚。不過他們現在終於快熬出頭了，因為今天是十二月一號，再過二十四天就是聖誕節了。

聖誕節＝必然會舉行重大活動＝可以認識很多以前沒辦法認識的人物＝可以開始一段幸福美滿的戀情（或者可以和相愛的人來一個浪漫的聖誕節）＝大家的春心蠢蠢欲動。

再加上幾天前天空就開始飄雪，整個學院被埋在一片晶瑩的銀色之中，更讓人有種「馬上就是聖誕節了」的感覺。

雖然「還有」二十四天，但是大家已經急不可耐了。

樓厲凡完全弄不明白這些人為什麼這麼興奮。他身邊的每一個人都在談論自己在聖誕節計畫了什麼什麼事情，將會用什麼什麼禮物去收買對方的芳心，一些性急的人都已經準備好了聖誕禮物，部分的年輕女孩甚至會擠出課間的時間來打毛衣——當然她們也想在上課的時候打，不過這裡是靈異學院，會被教師們發現的機率是百分之九十九點九，剩下的零點一是教師們當時心情好不跟妳計較。

連霈林海也興奮得不能自已，把衣櫃翻了個底朝天之後，計畫著什麼時候要出校一趟買一身滿意的新行頭，把自己襯個帥氣瀟灑、玉樹臨風，到了聖誕舞會的時候……嘿嘿嘿嘿嘿嘿嘿……

樓厲凡對此冷眼旁觀，因為他不認為這種變態學校會讓他們遂了心意。大家興奮，那麼那位校長肯定也會興奮，只要他興奮，那大家就沒好日子過了。

不過就算沒有這一點，樓厲凡對這些事情也不感興趣，因為每年的聖誕節追他的美女都多得讓他頭大，連逃都來不及了，又怎麼會去給自己找事……

在這段時間裡，課堂上都會瀰漫著一種詭異的氣氛，常常有學生邊上課邊做白日夢，甚至嘿嘿的笑出聲來，讓其他人不禁惡寒。教師們也都經歷過年輕時代，睜一隻眼、閉一隻眼就算了，可是偶爾有學生太過分，再好脾氣的教師也會發怒，輕者講桌遭殃，重者教室玻璃全碎。

有些教師為了解決這個問題，會將自己在二十五日前的課臨時改為室外才能上的實用課程或實習課程。

今天樓厲凡他們要上的課本來是靈力解剖，正由於這個原因被改成了靈氣實用課。

上課的地方在拜特學院的大練習場，占地十五平方公里，地面是由水泥砌成。練習場周圍密密麻麻的環繞著各種各樣的年輕樹木，場地上的水泥地面寸草不生，只有中央聳立著一棵據說已有將近萬年高齡的老樹，足有七、八十公尺高，樹冠下的陰影可容納百多個人同時乘涼。

可惜現在是冬天，老樹的樹葉早已掉光，樹枝上積滿了厚厚的雪。

雖然在教室裡有暖氣可以直接穿襯衫，不過到了這大雪紛飛的美景之中，不管你能力多高也得老老實實穿厚衣，沒得商量。

霈林海的家本來就在北方，這種天氣對他來說司空見慣，所以只套一件厚毛衣就夠了。可是樓厲凡不一樣，他家在南方，多少年都下不了一次雪，他頭一次見到雪還是在十五歲從靈異中學剛畢業，接到一個必須在北方才能完成的任務，當時他依照南方的習慣只帶了兩件外套，結果可想而知……

為此，他恨透了冬天的雪，最近的室外課他恨不得都蹺掉才好，可惜不行，他不想因為這種無聊的原因而蹺課——「今天學的東西或許明天就能救你的命」，這是樓家的家訓。

於是，他整整套了三件毛衣、三件毛褲，外面還加了一件厚毛長外套，遠遠的看去就好像一顆球在滾。

霈林海對他這一身裝扮非常不能理解，但也不敢提出相反意見，只有唯唯諾諾的跟在他身邊，防止他隨時在進出時卡在門上。

十五平方公里的練習場上大約有十多個正在上室外課的班級，每個班幾十人，但就算如此，在這裡的人數還是顯得很少很少，寥寥無幾的感覺。

樓厲凡穿著臃腫的衣服搖搖擺擺的來到練習場，在另外一個班等待上課的羅天舞他們居然遠遠的就看到他，仗著離得遠，幾個人對他的裝束進行大肆嘲笑。

可惜樓厲凡不是別人，他硬是將他們的話聽了個千真萬確一字不漏，一怒之下結出一個籃球大小的靈氣團砸過去，那幾個人紛紛閃避，卻依然沒躲開那個會轉彎的靈氣團，一人腦袋上一個血包被砸得昏死過去。

那麼遠的都不能倖免，原本還想取笑幾句的同班同學一個個噤若寒蟬，現在就算樓厲凡穿的是小丑服，恐怕也沒人敢再多說一句了。

上課的鐘聲悠遠的迴盪在廣闊的校園中，靈氣實用課的老師海深藍輕飄飄的走到了她上課的地方——沒錯，是輕飄飄，仔細看的話，她的腳還和地上厚厚的雪有著些微的距離，也就是說，她是飄著走過來的。

發現這一點的學生們都發出了驚嘆聲。因為在靈氣的使用中只有一種能力可以讓人虛空而浮，那就是靈氣馭空。

靈氣馭空本身是用靈氣支撐身體與地面之間的距離，但如果是踏在這種雪地上，就和人走路的時候沒有兩樣，一定會留下腳印。可是海深藍走過的地方卻沒有痕跡，連最輕微的都沒有。

而且靈氣馭空消耗的能力驚人，海深藍的「教師履歷」上寫著她今年剛剛三十歲，這種年齡應該不會像小孩子一樣，沒事就把消耗如此嚴重的能力秀給別人看吧？

「各位好久不見。」

海深藍一舉右手，向驚奇的學生們微笑招呼。

所有學生雙手背在身後，啪一聲齊齊立正。這是上課的信號。

「今天我們臨時把靈力解剖最後的靈氣實用課提前，原因想必大家都知道了。」海深藍一邊輕飄飄的踱步，一邊審視學生們的姿勢與表情，最後目光落到了樓厲凡身上，表情變得想笑又不好意思笑，硬忍了半天把笑忍了回去，「所以現在我們要進行靈氣實用的學習，我希望各位已經預習過了。」

霈林海舉起手。

「你有問題嗎？」海深藍問。

霈林海老老實實回答：「那個……因為預習看不懂。」

沒有人笑他，大家都看不懂。

靈氣實用被教學大綱當作了重點中的重點，可是書上那一章卻只有薄薄的八頁紙，而且充斥著什麼「摩爾斯轉換」、「開羅芬爾大移動」之類的名詞，他們翻遍靈力解剖的課本，只找到一個「質性轉換」的名詞解釋，那解釋還是「靈力、魔力、妖力等的互相轉換」這種莫名其妙的東西。

靈力是靈力，魔力是魔力，妖力是妖力，這些在常識上是不能互通的，或許靈力能夠使用魔力的器物，或者魔力可以使用妖力的器物，但這並不是經過「力」的轉換，只能說所使用的那些器物對於「力」有相容性而已。否則，擁有妖力的妖怪也可以藉由能力質性的轉換而「變成」人，或者人也可以變成妖怪了。

海深藍看了看大家的神色，非常明白學生們現在正在想什麼，於是微笑問道：「這麼說來，大家應該是都看不懂了？」

大家點頭。

「哪裡看不懂呢？」

「全都看不懂！」

聲音很整齊，什麼時候也沒今天那麼整齊。

海深藍笑著左右踱步，畫著藍色冷光眼影的眼睛閃爍，她輕聲的說：「那當然了……那一章裡全都是只有四年級的學生才能看懂的內容，你們要是能看懂就不用在這裡學了。」

學生一片譁然。既然是一年級的教材，那為什麼要用四年級才懂的內容來編！是哪個變態做出這種事！

由於這所學校的變態傳統的產生來源眾所周知，學生們立刻想到了那個不管冬天夏天都蒙著黑布的傢伙——校長拜特！

「我知道你們在想什麼。」海深藍舉手示意大家安靜，「不過這次真的不關那個變態的事情，不管是誰來編寫這個教材，都必須這麼做。」

學生們漸漸安靜下來，聽她繼續說。

「為什麼呢？原因就在於靈氣實用這個課程本身的特殊性上。靈氣實用是靈力解剖的重要課程，如果不能進行靈氣實用，那麼我們學習的靈力解剖就等於沒有學，所以可以說，我們的靈力解剖其實大部分都是為了靈氣實用準備的。」

「若要進行靈氣實用，就必須瞭解許多高層次才能理解的東西，比如魔力教學中的『K三碰撞』；可是靈氣實用本身卻又是最最基礎的課程，這門課不合格的話，你們就很有可能在二年級的實習中有生命危險。」

「我們必須讓你們在一年級的時候就能夠熟練靈氣實用，可是在沒有學習二年級和三年級課程的情況下，又難以讓你們瞭解四年級的內容，因此在編寫教材的時候困難重重，最後只有做出折衷的辦法，也就是說，教材上用最高層次的方式來解釋能力，但其實主要卻是言傳口授，在實習中領會。等你們上了四年級，這些內容自然一看就懂。」

這些話說得很有專業性，但其邏輯不是一般的怪異，連樓厲凡這種在魔女家庭長大、早已習慣了家裡奇怪邏輯的人都被攪得頭昏腦脹，有聽沒有懂。

不過，雖然邏輯沒聽懂，但基本原因還是聽明白了。

簡而言之就是這內容必須在一年級學，要學也能學會，只是要用理論支持的話就必須等到了四年級再說。而且，最重要的一點是——就算不理解那些讓人看不懂的理論，也要照樣能夠使用。

既然得到了這樣的保證，大家自然不會再多說什麼，只是在一陣突如其來的寒風中集體縮了縮脖子，希望能趕緊做點什麼，不要繼續站在這裡受凍。而樓厲凡身上衣服的厚度雖然可以破了「拜特學院之最」的紀錄，卻依然冷得他受不了，整個下半身都麻木了。

海深藍後退了幾步，不負眾望的對開始瑟瑟發抖的學生們說道：「那麼現在我就要開始進行靈氣實用的教學，請各位站開一點，至少和周圍的人保持兩公尺的間隔。」

學生們依言而做。

要是在平時，只是挪動一下而已，誰都會做，可是今天和樓厲凡一樣幾分鐘就被凍得僵硬的大有人在。像是有一個人站在那裡沒動作，旁邊的人在分散移動的時候不小心碰到他，那傢伙就直挺挺的倒在了雪地裡，大家一陣手忙腳亂才讓他站了起來。

「嗯，我想大家可能都發現了——」等學生們間距全部調整好的時候，海深藍繼續踱步說道：「我的腳從剛剛開始一直飄浮在雪地的上方，沒有接觸到雪地。你們在見到這種情況時，第一印象恐怕會認為我用了靈氣馭空，然而接著就會開始懷疑，因為靈氣馭空是會留下痕跡的，尤其在這種鬆軟的雪地裡，像這樣踏雪無痕的情況根本不可能。」

大部分學生點頭。

沒點頭的人不是沒聽懂，而是根本沒發現她飄浮著，或是發現了也想不通，因為靈氣馭空不是每個人都會的，比如霈林海。

「你們首先發現的事情應該是我在飄浮，而第二件，恐怕你們都沒有發現到——從我來到現在，我沒有停下來過，而是一直都在反覆不停的走。」

她這麼一說，大家才恍然注意到這一點。她的確沒有停下腳步來，一秒鐘也沒有，她只是不著痕跡的在悠然踱步。如果以講課來說，這樣來回走動的確是沒有什麼異常，但就算是講課，也有在某個地方站住至少幾秒鐘不動的情況，她卻是完全沒有停下，一直在走。

「現在我有問題要問各位了。」海深藍微笑提問：「請問一下，誰能告訴我，現今世界上可以讓人飛翔的技術有哪些？」

這種問題樓厲凡根本不屑於回答，不過在問題提出五秒之後還沒有人回答她的話，發生冷場就麻煩了。

別看這位老師一直在笑，如果膽敢讓她的課堂冷場，那後果……

「總共有四種。」樓厲凡的聲音捂在衣服領子裡，答道：「第一種是機械動力，也就是幾千年來所用的機械，屬能量原理；第二種是靈氣馭空；第三種是妖力浮翔；第四種是魔力飄移；還有精靈浮力和以各種方法改變身體密度結構等等，不過用處不大，而且容易發生危險，現在已經很少能見到它們的教材了。」

「說得好！」海深藍用力拍了兩下手，「我沒有想到一年級生裡也能有對這些理論瞭解得這麼多的學生，一般像你們這麼大的孩子們吶，都只會注意和自己的能力有關的理論，而對和自己無關的東西很少去學習。」

她說得沒錯，可是靈異方面的知識很複雜，如果每一種都去瞭解的話很容易導致混亂，因此大家只瞭解與自己有關的內容也沒什麼錯。幾乎所有人都這麼想，海深藍說出那句話之後也明白大家絕對會這麼想。

而她現在就是要讓大家這麼想。

「我瞭解大家學有專精的理念，不過請大家從現在開始摒棄這種想法，因為從今往後你們要用的不只是『靈』類的能力，還有『妖』類、『魔』類和『精』類的能力，哪一門不夠瞭解，都可能讓你的靈氣實用課不及格，這一點請大家注意。」

一位學生舉手問道：「可是我們沒有妖力、魔力和精靈力啊！怎麼用？」

「這就是我們靈氣實用課所要講的最困難的內容。」海深藍說了這麼一句之後便不再解釋，而是將話題轉移到之前的問題上，「現在我要知道，在這裡的所有人中，會靈氣馭空的人有多少？」

大約有四分之三的人舉手。

「很好，比我想像得要好。」海深藍示意大家將手放下來，「不過，雖然會的人多，卻還是有一部分人對這個能力不瞭解。好在這個能力雖然消耗驚人，但非常簡單好學，現在我示範給你們看一下。」

她又向後退了一步，輕輕呼出了一口氣，似乎有什麼能力透過這口氣而被洩了出去，只聽見輕微的啪嚓一聲，她的雙腳已經深深的踩到了雪中。

「在你們還沒有熟練之前，先把其他的能力收起來。然後，把靈力集中在腳下，讓它從腳下釋放出來，螺旋狀包圍你的全身，就像這樣……」

這時，海深藍的腳下彷彿出現了一臺鼓風機，雪花刷刷刷的被吹得四散紛飛，然後這股風逐漸變成了肉眼可見的淡藍色旋風，漸漸包圍了她的周身，她整個人就隨著這股上大下小的漏斗狀旋風飄飛了起來。

一般情況下，靈力製造的旋風沒有顏色、也很少會對周圍產生影響，因為靈力在只對靈力釋放者「本身」發生作用時，消耗的能量是最少的，而且在同樣情況下，如果對非「本身」的物體做出同樣的事情，其消耗的能量大約是前者的一倍左右。因此，雖然這樣飄浮的靈氣馭空很好看也很華麗，卻很少有人用。

樓厲凡不禁驚訝，自己光維持飄浮的狀態就可能消耗掉他三分之二以上的靈力能量，更別說像這麼華麗的起飛方式……

他要是像她這麼使用的話，肯定馬上脫力倒地。

現在她臉上看不出任何疲憊的情況，也看不出即將力竭的樣子，照這種情況看來，她應該至少擁有100hix以上的能力，可是既然有這麼高的能力，在靈異協會也可以占有一席之地，為什麼她只是在這裡做了一介教師呢？

海深藍慢慢的降落下來，開始看大家學習的成果。

她說得沒錯，靈氣馭空的確很好學，再加上她的理論，幾分鐘後大家都掌握了用法，霈林海也只是在剛開始的時候由於靈力風不夠平均而摔下來幾次，但也很快學會了。

見最後一個人也用靈氣馭空飛起來之後，海深藍又恢復了之前飄浮在雪地之上的姿態，說道：「好，剛才大家所做的就是『靈』、『妖』、『魔』、『精』四大類能力中的靈力飛翔，靈氣馭空。可是我們今天要學的不只是靈氣馭空，還有妖力浮翔。魔力飄移和精靈浮力我們將在下一堂課為大家講解。」

「我們沒有妖類能力啊……」一些學生開始在底下嘀嘀咕咕。

「你們當然沒有，要是有的話就變成妖怪了。就好像那個變態校長……」

「變態校長？那個傢伙是妖怪嗎？！」

一說到要挖掘神秘變態校長的秘密，所有人都伸長了耳朵，連樓厲凡也不由自主的興奮起來。

「啊啊，原來他是妖怪啊！」

「會是什麼妖怪呢？」

「老妖怪啊……」

「老師！老師啊！他是什麼妖怪？！」

「他成精多少年了？！」

海深藍為自己說錯了話而感到尷尬不已，她咳嗽了幾聲，把群情激奮的眾人注意力召回來，「嗯……我剛才說的請大家當作沒聽到……」

「怎麼可能沒聽到！他到底是不是妖怪啊！」有人激動得都發抖了。

海深藍猶豫了一下，回道：「這個……我只能告訴你們，他的確有妖怪的能力……」

「啊！那他就是妖怪了！」

海深藍微笑一下，雙目發出了精光，說：「這正是我接下來要講的內容，你們是對我的課有興趣呢？還是對他更有興趣？好好回答，回答不對的話我可是會發飆的喲。^^」

海深藍老師發飆＝五十公尺以內傷亡慘重。

他們不是沒有領教過，因此這一句話立刻有效的將大家探究八卦的心思壓了下去。

「我們還是……喜歡聽海深藍老師講課……」

所謂向惡勢力低頭……

「好，請大家把精力集中到今天的課堂上。剛才的靈氣馭空大家只要瞭解就可以，等學習了妖力浮翔之後，靈氣馭空就基本上用不到了。」她環視學生們一圈，「從剛才起就有人一直在嘟囔自己沒有妖力，所以不能學習妖力的能力。既然這樣，我想讓各位用靈力或者靈感力探測一下，我身上的『氣』是什麼？是靈氣？是妖氣？還是魔氣？」

就算她不說，作為靈異師的學生們在每次見到某個人的時候都會習慣性的探測其能力，這一次也不例外，因此很快就有人回答：「是靈氣！」

海深藍笑了笑，周身驀然一震，身上靈力主脈經絡的八百七十七個穴位閃現出了無數細小的劈啪電光。電光一閃即逝，她隨即微笑的問：「那麼，現在我身上是什麼氣呢？」

樓厲凡一直用靈感力監視著她周身的力量分布，在她的靈力經絡閃現電光的同時，環繞著她的氣息竟在瞬間改變了。

「是妖氣！」

那不是幻覺，也不是錯覺，更不是什麼花招，就是妖氣！可是剛才的也的確是靈氣！如果只有一個人探測錯誤就算了，可是所有人的探測結果都是一樣的——她全身的氣息在剛才的確是靈氣，但是就在一瞬間，她氣息的質性改變了，變成了妖氣。

樓厲凡與霈林海對視一眼，兩人心中閃過數種可能，也許……也許她是人類和妖怪的混血……可是若是那樣，她身上的氣息應該兼而有之，而不是如此純粹的互相轉換！那麼她到底是……這難道就是那個莫名其妙的名詞——「質性轉換」了？！真的可能有這種事嗎？

霈林海就算了，可樓家怎麼樣也算是靈異世家……嗯，不過樓爸樓媽現在都不務正業，只做自己喜歡的事情——占卜和特異功能，然後在靈異節目裡大出風頭。而這種能力又用不著，他們可能早就忘記了吧……

海深藍沒有說話，身上的靈力經絡主脈穴位再次發出劈啪電光，不過與上次稍有不同，上次的電光是隱現紅色，而這一次則隱現淡淡的黑色。

她的氣息質性再次發生了變化，那是一種讓人很討厭的感覺，只要是靈異師就不會喜歡的感覺。

「……魔氣！」

靈氣，只有人類才有的氣；妖氣，只有妖怪才擁有的氣；魔氣，只有魔物才有的氣。

「人類」這名詞解釋應該不用多說。「妖怪」，多年來的概念都是「某種東西（動物或植物或無生命物）經過修煉而接近神」，妖怪在三界之中最為接近神。可是魔物……天生就是魔，生於傳說中的地獄最底層，沒有慈悲、沒有人心，與神的意旨永遠背道而馳，恐怖、血腥、死亡永遠與它如影隨形。

不僅樓厲凡他們班的人在感受到魔氣時開始拚命後退，連同在練習場上課，離得十萬八千里遠的班級都有學生準備逃跑了。

海深藍身上的魔氣沒有維持多久，很快又變回了之前的靈氣。倉促後退的學生們才慢慢的又回到了自己之前的位置上。

「那麼，這就是我們今天課程的重點──質性轉換。」

海深藍一揚手，身後紛揚的雪花驟然停住，有序的在空中結成「質性轉換」這四個字。

「所謂的質性轉換，就是要把本身的靈力質性變成與之前完全不同的東西。我們以前上課的時候專門講過二十個課時的靈力經絡。大家應該知道，靈力經絡主脈上的穴位總共有八百七十七個，我們的靈力由頭、手、腳、眼七個部分源出，經過這八百七十七個穴位，最後進入丹田。如果按照我們平時靈力所走的方向順序，大家所感到的就是『靈力』，可是如果換一條路去走的話，就可以變成其他不同的性質。」

「質性轉換」四個字輕輕的啪一聲碎開，又組合成為另外四個字──「歪門邪道」。

「既然不走平時正常的路途，我們就可以稱之為歪門邪道。現在請大家跟隨我所說的靈力走向慢慢的引導靈力，如果不能成功或者不能確定穴位的位置要馬上跟我說，因為質性轉換很容易出問題，萬一把你變換成了其他的東西……那我就沒辦法了。」

海深藍身上忽然出現了白色的線，那些線就好像是從體內生長出來的，穿破了皮膚而到身體外面，在學生們發現的同時，那些幾乎肉眼難辨的「線」已經沾上了他們的身體，好像蜘蛛網一樣難以甩脫。

「這是我的感應線，你們的路線要是走錯而有危險的話，我會提醒你們。現在都準備好了嗎？好，源起頭殊──入博池──風翅──燕谷……」

忽然有一個學生身上竄起了灰色的火苗，那傢伙尖叫一聲就開始四處亂竄，其他學生被他這麼一擾亂，有的險險就要走到岔路上去。

海深藍追上去一腳把那傢伙踹到了雪地裡，她腦袋上冒著青筋，卻仍然微笑的用細尖的高跟皮鞋踩他的頭，「你白痴嗎！這種小事不會自救嗎！剛才我怎麼說的？不能確定穴位位置的話要馬上跟我說！你猶豫半天還是選錯了路什麼意思！想成仙嗎！」

「對……對不起……」

被踩到雪地裡的時候，他身上的火苗立刻滅了。等海深藍終於把腳挪開，那小子哭喪著臉爬起來，捂著剛才起火的地方低聲哼哼唧唧。他的衣服沒破，但是似乎燒傷了。因為剛才他身上起的火不是普通的火，而是地獄業火，只焚燒有罪孽的東西。

海深藍氣憤的轉身回到自己剛才的位置上，狠狠說道：「在這所學校教學一百多年來真是見得太多了！每一次都有幾個自作聰明的傢伙，不懂也不問！這還算好的，只是最低階的地獄業火，要是不小心把自己變成三昧真火怎麼辦？到時候你就去死吧！我也沒辦法了！」

怪不得在普通的院校裡根本沒人提質性轉換的事情，連很多出生於靈異世家的人也幾乎沒聽過。

樓厲凡覺得自己有些明白了，這種能力太危險──不是指對他人，而是對自己──要掌握它，不僅要對這八百七十七個穴道瞭若指掌，而且走向不能有分毫的錯誤，否則很可能死路一條。

不過，「在這所學校教學一百多年」……她不是才三十歲嗎？

發洩完畢，海深藍繼續向她的學生們傳授靈力的走向，這一次沒有人再敢輕舉妄動，全都老老實實的有問題就提問，雖然仍有人因為這樣那樣的原因使得走向錯誤，但在海深藍及時的厲聲引導下又都走回了原處，沒有再出大問題。

「那麼，就是這個方向。只要走過一次靈力就有記憶，現在大家把自己最高的靈力引入頭殊，迅速的以我剛才的引導過去——」

海深藍的話音剛落，樓厲凡和霈林海身上已經出現了剛才在她身上所出現的那種電光，還劈啪作響。

兩人隨即發現自己的身體變得異常輕盈，好像羽毛一般感覺不到重量，一陣風吹來，霈林海啊的一聲驚叫，那麼大的個子硬是被吹到了幾十公尺遠的地方，還翻了幾個跟頭。

其實樓厲凡本來也幾乎控制不住自己的身體而被吹走，不過他占便宜在今天穿得多，重量壓得那風吹不起他來。可是他也沒比霈林海好太多，被風吹得一屁股坐到了地上，又在地上滾了幾滾。

照理說，這種情況是很好笑，尤其在這種年輕人的場所，不笑個天昏地暗那根本是不可能的事情。可是現場沒有人笑，一個也沒有。因為當時只有他們兩人身上出現了質性轉換，而其他人全都靜悄悄的、目瞪口呆的看著他們。

海深藍的吃驚完全表露在臉上。她可以確信那兩個人絕對是第一次使用質性轉換。

根據她的經驗，這個能力只有在重複打通通道之後才能完全的使用，也就是說，新手至少要讓氣息在那條路上反覆行走多次才能發揮作用。因為這不是普通的變化，不是讓自己的能力質性變成地獄業火之類的低階轉換，而是化為妖力！是本質的變換！以往最優秀的學生也需要二十多天的訓練才行。

而且他們竟出現了「那種」情況……

霈林海艱難的從雪地上「飄」回來——是的，的確是飄，他的腳只沾到了雪，但是卻沒有踏入雪中，他就是在鬆軟的新雪上飄。

樓厲凡那一身厚重的衣服把他弄得狼狽不堪，胖得好像球一樣的身體只有四肢著地才能爬起來。可是剛剛爬起來，又是一陣風，他再次被吹倒在地，又打了幾個滾。他氣急敗壞的把衣服一件一件扯開甩掉，只穿了一件薄薄的毛衫站在寒風中。

等看見其他人呆滯的目光時，樓厲凡這才遲鈍的發覺，自己只穿了這麼點衣服居然感覺不到冷。他知道風在吹，也知道雪在下，雪碰觸到肌膚的感覺是涼的，但不感覺冷。

沒有「冷」的「痛苦」感覺。

「你們兩個……」海深藍指指樓厲凡和艱難走回來的霈林海，「你們兩個可以下課了，接下來的課你們可以不用聽了。」

「啊？」霈林海一失神，又被一陣風吹得滾到了剛才的地方，他的聲音遠遠的、淒慘的傳來，「可是這個情況怎麼解決啊——」

樓厲凡這次有經驗了，他將身上的力量全部轉移到腳下，吸附住地面，這樣身體就不會被吹走了。他面色發青的問海深藍：「對……老師，請告訴我們怎麼解決這個問題好嗎？」

「按照正常的靈力走向再走一次就好了，你們走吧！」海深藍好像看到他們就不耐煩一樣，揮手趕走，卻在樓厲凡正轉身要去救霈林海的時候叫住了他，「對了，今晚八點，你和霈林海兩個人到校長室去一下，到時候有重要的事情要和你們說。」

——重要的……事情？

——什麼事情？什麼事情一定要在那個變態的辦公室裡說？

用滿心疑惑也不足以形容樓厲凡對這個命令想不透的程度，他其實很想在這裡就把事情弄清楚，並且告訴她，他寧可在雪地裡多凍一天也不想去那個變態那裡。但是他忽然想到這位總是在微笑的老師上次因為某同學答錯了問題而笑著發起飆來，教室裡的人統統被龍捲風捲到了遙遠的後山……他就沒有勇氣開口了。

樓厲凡追上再次被吹得滾動的霈林海，扶起他來，一手抓他，一手拖著自己剛脫下來的厚重衣物。

一不小心，霈林海又險些隨風而去，樓厲凡死死抓住他的手，腳下卻支撐不住兩個人的飄浮力，於是順著風的方向被吹走了。

等他們被吹得老遠，海深藍很詭異的笑了一下，招手讓其他的學生聚攏過來。學生們不明所以，照她說的在她面前兩公尺的距離內站成了兩排。

「各位同學，請看著我，不要眨眼……」

一道藍光乍然閃過，學生們呆若木雞。

海深藍在他們還沒有恢復過來之前掏出了一個校內通訊器，按下號碼，「喂，我找到人選了……嗯，已經把記憶消掉了，其他班級呢？……嗯，好，那我就放心了。」

關掉通訊器，她很可惜的看著依然呆若木雞的學生們，嘆氣：「沒辦法啊……你們的資質相較之下差得太遠了。不過不用擔心，等事情一辦完，他們兩個也會被消去關於『質性轉換』這方面的記憶的。」

沒錯，如此高階的菁英能力，每一屆的學生之中只有一定的人選被允許瞭解和學習，所以並不是所有人都知道它。

不過，樓厲凡的猜想也對，他的父母的確被允許擁有這種能力，只是因為平時用不到，所以也想不到要教兒子罷了。

※◆◇◆◇◆◇◆※

很幸運，風吹的方向正好就是宿舍的方向，因此霈林海和樓厲凡很順利的被一路吹回了宿舍。

靈力有其記憶性，走過的路線不會忘記，只要行過一遍的路程，不用他人引導就可以再走。更何況他們以前的靈力行進方向對他們來說已經熟悉到了熟視無睹的地步，因此沒有用太多時間就找到了靈力原本的路途，回到了以前一直運行的軌道上來。

從「妖」忽然變成「人」的感覺很奇怪，就好像游完泳之後從水裡出來的感覺，身體驟然變得很重，樓厲凡一個沒注意險些跪倒在地上，幸虧霈林海比他倒得早，他按住霈林海的頭又站了起來。

只可憐了霈林海，還沒爬起來就又倒了下去，許久許久都起不來。

第2章
臥底零度妖學院

樓厲凡和霈林海到達校長室的時候正好八點整，這當然是故意計算的結果，因為他們既不想和那變態多在一起一秒，也不想因為遲到而遭到那變態巧立名目的懲罰。

兩人敲門而入，這一次的校長室不再是他們報到時候的那個黑異空間，而是和一般學校沒有什麼區別的「校長室」。漂亮寬大的房間，大得能容七、八個人一起辦公的辦公桌，牆壁上爬滿了不知名的綠色植物，地面上除了需要坐人、走路和放東西的地方之外，全都被奇怪的植物占滿了，整個辦公室好像一座熱帶叢林。

霈林海不禁有些擔心，這麼潮濕的地方會不會生蚊子……

一進入辦公室，兩人就熱得受不了，把外衣脫下來搭在手腕上，然後才向辦公室裡的人低頭致敬：「海深藍老師，我們來了！」

辦公室裡「似乎」只有海深藍一個人，因為辦公桌旁邊就只有她坐在那裡。但是樓厲凡和霈林海兩人一發聲，剛才完全沒被他們放在眼內的、一直堆在辦公桌上的黑色可疑不明物體就忽然抬起了頭來，用陰陰森森、淒淒慘慘戚戚的聲音說：「你們終於來了……」

「鬼呀——」那聲音很像怨靈，而且是積攢了千年怨恨的那種，霈林海嚇得大叫一聲猛然倒退三步抱住樓厲凡，渾身顫抖。

樓厲凡踹了他一腳，「看清楚！是那個變……咳，是我們校長！」

對方一抬起頭，霈林海就知道了，可他還是忍不住會害怕。沒辦法，誰讓對方的聲音這麼恐怖……

一反常態，那位變態校長此時好像沒什麼精力和他們計較，只是依然用那種非常淒慘的聲音無力的說：「一切由海深藍老師處理……我不管了……」然後就又趴在桌上似乎是自憐自哀去了。

海深藍抓起桌子上的菸灰缸匡噹一聲砸到那傢伙頭上，那聲音又大又響亮，樓厲凡懷疑這一缸下去那變態還有命在嗎？

「你這個不負責任又沒用的蠢材！我們要你幹什麼！」海深藍咬牙切齒的對他罵著。那變態就好像死了一樣，一點反應也沒有。

海深藍轉頭示意樓厲凡和霈林海坐下。兩人走到辦公桌前，拉出兩張椅子，將外衣搭在椅背上，坐了下來。

「今天找你們來，是有重要的事情要你們去做。」海深藍的表情很嚴肅，眼神凌厲的看著兩人，「但是這件事必須特別保密，我希望你們的嘴巴從現在開始能閉得緊一點，因為這事關我們拜特學院生死存亡的大事！你們明白嗎？」

樓厲凡和霈林海知道老師既然叫他們來，必然是有重要的事情，可是沒有想到居然會這麼嚴肅，還是「事關拜特學院生死存亡的大事」？！不過，看看那變態現在的樣子，大概就能猜出個十之八九了，因為至今他們還沒看過他有這麼沮喪的時候，除非真的出什麼重大的事情，否則他絕對不會這樣。

兩人不由自主的坐正身體，仔細聽著這一次危險的任務究竟是什麼。

「其實……」似乎要說到什麼重要的事情，但是難以開口，海深藍坐在那裡的身體微微的扭動了一下，調整到比較舒適的位置，「嗯，其實……」

一連「其實」了七、八次，海深藍還是沒能說出口「其實」是什麼，最後竟然有些惱羞成怒，抓起桌上的筆筒、硯臺、鎮紙等等物品向那個趴著的變態砸去，「你這個混蛋！這種事讓我怎麼說得出口！有本事自己跟他們說！你這個一點用處也沒有、只會招惹是非招蜂引蝶的白痴！」

招惹是非？招蜂引蝶？

樓厲凡和霈林海忽然意識到，這次派他們去的任務絕對不會是什麼好事情，光是「能讓那變態苦惱」這一條，就很可怕了。

那變態仍然像死了一樣，一點反應也沒有。海深藍把桌上能扔的東西全都扔完了，卻好像扔到已經乾涸的水溝裡，沒有濺起絲毫水花，她一怒之下站起來，抓起自己坐的椅子就打算往那變態頭上扔過去。

樓厲凡和霈林海大驚失色，慌忙攔住海深藍，以防在事情還沒說清楚之前她就先把變態校長砸死了。

好不容易心緒平復了一點，海深藍瞪了那傢伙一眼，放下椅子坐了下來。

「其實，事情是這樣子的……」

事情很簡單，只是稍微有點難以啟齒。

前段時間世界靈異協會召開三界教育研討大會，所有高等靈學院、妖學院、魔學院的教育主官都會參加。這些學校當然不會只有人類，還有妖怪和魔物開辦的，因此在這個會場中有妖學院和魔物學校的主官也不是很奇怪的事情。

可問題在於，以前為了防止拜特這位首席變態去那裡搗亂，已經有百多年沒有讓變態校長參加過了，一直都是由兩位副校長中的一個去。但是今年雪風副校長由於某種原因沒在學校，而帕烏麗娜又不放心把這個變態留在沒有他們監視下的學校裡荼毒學生，本著「死道友不死貧道」的大無畏精神，她決定自己留守，就把興奮得差點跳舞高歌的拜特先生趕去會場玩了。

事實證明，雪風和帕烏麗娜百多年以來的想法是正確的，讓拜特去參加那種會議簡直是災難。剛去的第一天，他就因為覺得會議太無聊而偷偷的摸到會場外面放煙花，那些珍藏版超級煙花險些把一干與會的高層人員全部燒成灰；第二天他想勾搭伯倫希爾女校美麗的校長被拒絕，半夜到人家窗口下面唱情歌，結果被五十多名準備就寢的人員毒打一頓；第三天他無聊到爬到五百多層的樓上，說要把所有靈力收起來用萬有引力的原理飛翔，引來國際大型媒體參觀；第四天、第五天……

如果只是這樣荼毒別人就算了，可他還是覺得不夠刺激，明目張膽的召集與會者進行大型賭博活動——讓大家猜他手裡火柴棒的長短，輸了的人要把自己「最重要的東西」留下。也不知道他怎麼說服其他人的，反正參加者很踴躍，而且百分之九十九的人都輸給了他。

「百分之九十九？」樓厲凡提出疑問，「那剩下的百分之一……」

贏了那百分之九十九都不算什麼，因為對別人來說的重要東西對他根本沒有什麼作用，問題是輸的那一個，他怎麼輸的？輸了什麼？

答案：之前他其實一直都在作弊，只是因為技術高超而沒有被人發覺。可是不幸的，他在最後一場遇見了零度妖學院的理事長——狼妖貝倫。他早發現拜特的作弊行為，但是一直不動聲色的按兵不動，也沒有揭穿他，直到最後才上前和他賭。賭之前，貝倫似乎不經意的問拜特，對他來說最重要的東西是什麼，拜特狂笑著說是自己，不過他是絕對不會輸的。

結果……結果貝倫很輕鬆的就破了他的手法，然後在大家面前逼迫他簽字畫押，允許貝倫把他賣掉……

「……賣掉？」霈林海只感覺到眼角一直在抽搐、抽搐……

「如果把他一個人賣掉就算了……」海深藍嘆了口氣，「我們根本不會多說一句，他要死就去死吧！可是這個混蛋還加上了一條，『本人和拜特學院一同出售，絕不單賣！』……混蛋！」

看看周圍再沒什麼東西好扔的了，海深藍凌空一抓，剛才被丟出去的菸灰缸又回到她的手裡，她又砰的一聲砸到了那變態的腦子上，「你要死就自己死！幹嘛還賠上拜特學院！你是嫌我們活得太清閒是不是！」

拜特在黑布裡抽抽噎噎，過了一會兒開始嚎啕大哭：「我也是沒辦法呀！要是光賣我的話你們根本不會想辦法救我呀！嗚……哇——」

他還是很有自知之明的。

樓厲凡才懶得管那個自作自受的變態怎麼哭，問道：「那海深藍老師的意思是……？」

「我的意思是——」海深藍頓了一下，加重語氣道：「希望你們去零度妖學院臥底，找機會把他簽的那張賣身契偷出來。」

樓厲凡霈林海對視一眼。

「等……等一下……」

「放心好了，等你們回來，當然有獎勵。」

「那個……」

「至於究竟是什麼，等你們回來自己選就好。」

「我……我們……」

「呃？這樣還不行嗎？想現在就畢業也可以，或者想直升本校研究生也沒問題。」

「不對！我們要說的不是這個！」樓厲凡猛地站起來用力捶了一下桌子，「那可是妖學院！我們兩個是人類，肯定一進去就會被發現吧！那樣怎麼臥底啊？」

海深藍早料到他會提出這個問題，笑說：「這當然就要用到我今天講課的內容了……」

靈氣，變成妖氣，或者變成魔氣，對不知道原理的人來說那根本是不可能的。不過這裡是拜特學院，這裡有「質性轉換」的實用課程。

質性轉換，其實不是一開始就有的技術，也不是別人開發出來的，而是拜特那個變態的興趣湊巧弄出的結果。

拜特最喜歡的事情就是發掘一些別人不知道的事，因此很喜歡挑戰身體的極限。他想改變身體的結構，為此研究了人類、妖怪和魔物的相同與不同之處，從力量走向以及力量和身體之間的關係，還有質變到量變的過程，他在一次碰巧模仿魔物力量走向時走錯了路線，卻忽然發現身體的結構雖然沒有改變，但是「氣」的質性卻變化了。

當時他的「氣」還沒有像現在這樣直接變成「妖氣」或者「魔氣」，而是變成了一種很奇怪的混合氣，他從這個方向繼續研究，把研究目標從身體的結構改變修改為對「氣」改變的研究，終於找到了現今他們所用的這個方法。

「這麼說來，這個變……校長其實還是滿有才能的？」霈林海問。

那變態興奮的抬起頭來。

「如果他能把一半的精力用在正路的話。」海深藍怒視他，又讓他把腦袋低了下去，她繼續說道：「可是這種方法有些危險，因為誰也不知道，如果被心術不正者用在歪路上的話會出現多麼嚴重的後果，所以這個技術只有經過靈異協會嚴格篩選的人選才能學，並且在特殊許可的情況下才可使用。這一次的情況比較特殊，貝倫以前經常到學院裡來，對學院教師瞭若指掌，如果派遣教師去，不用兩天就肯定會被押送回來。但這種事情又不能拜託學院外面的人，只有在學生中篩選。」

「你們驚人的學習能力正是我們要的，所以今天和你們一起學習質性轉換的其他學生就被消除了關於這方面的全部記憶，而你們回來之後也要做好被消除記憶的準備，明白嗎？」

樓厲凡和霈林海互相看一眼，沒說話。

「既然要裝『妖』就要裝得像一點，我現在就教你們一些只有『妖』才能使用的能力，還有一些常識，到時候不要露餡了。不過時間不多，我只能教你們最基本的東西，更高階的技術嘛，我會讓你們帶一些書籍資料，一定用得上的。」

※◆◇◆◇◆◇◆※

離開校長室的時候已經是半夜，樓厲凡裹著厚厚的大衣在雪地上匆匆的走，他恨不得能從教學樓一出來就立刻回到溫暖的宿舍裡，可惜離得太遠，讓他想快點都沒辦法。

霈林海跟在離他不遠的地方，低著頭似乎邊走邊在思考什麼問題。樓厲凡走了一會兒，發現霈林海不在身邊，一回頭，發現他已經停住了，一手托著下巴不知道在想什麼。

「霈林海？你到底回不回去？」

霈林海如夢初醒，忙邁開了步伐跟上他。

到了房間裡，樓厲凡邊脫大衣邊問：「你剛才在幹什麼？做夢嗎？」

「不是……」霈林海把自己的外套掛在衣櫥裡，坐到床上說道：「剛才我一直都沒問，其實他們可以用學院中其他人的名義把學校買回來吧？為什麼他們不這麼做呢？」

樓厲凡活動了一下剛才被凍得僵硬的筋骨，「大概是不願意掏錢吧……誰知道這間學校能拍賣多少錢？與其傾家蕩產的買回來，還不如做這種無本的生意偷回來。我想他們就是這麼想的吧。」

說得很有道理，而且與真實的情況差不了多少。不過還有一點他們沒問，海深藍也沒告訴他們——像這種被強迫賣掉的事情本身就很丟人了，如果最後還淪落到自己買回來，學院中誰也拉不下那個臉，所以他們寧可偷，也堅決不幹這種讓自己丟臉的事情。

「可是妖學院啊……我還從來沒有見過妖怪吶。」霈林海感嘆。

樓厲凡活動筋骨的動作停滯了一下，好像忽然想起了什麼似的說：「對了，我也已經很久都沒有見到妖怪了。不知道現在妖怪們的能力提升到什麼地步了呢？」

「啊！」霈林海大叫一聲，嚇了樓厲凡一跳，「我想起來了！今天白天的時候海深藍老師好像說了什麼……『那個變態校長是妖怪』？不知道是不是真的？！」

「我怎麼知道？」樓厲凡面色不豫的道：「照現在的情況看，就算我們從他身上探測到妖氣，也不能說明他就是妖怪。更何況他不知道用了什麼辦法，我從來就沒能從他身上探測到任何氣息，就好像他根本不在那裡一樣。」

霈林海莫名其妙的變得非常高興，喜孜孜的指著自己道：「我！我也是！我還以為是我的探測有問題……」

「你的探測本來就有問題！」樓厲凡毫不留情的說：「你到現在還是沒學會靈感力，肯定是靠靈力探測的吧？連我的靈感力都測不出來的氣息，你用靈力能測出來嗎！嗤！」

霈林海瞬間萎縮了一圈，「對不起……」

「不過——」樓厲凡又說：「因為質性不同，所以氣息變成『妖』以後會有某些能力不能相通的問題。你要小心，不要使用靈力的方法來使用妖力，不然你自己自爆事小，要是弄得連我也暴露了身分的話，我不會放過你的。」

「是……」

時間的確很緊迫，拜特校長和拜特學院的拍賣會將在兩星期後舉行，所以海深藍只能用一天時間幫他們講解到了妖學院之後需要注意的問題，以及教授一些簡單的妖力法術，幫他們解除變成妖之後出現的一連串BUG——因為重力對「妖」的身體影響較小，導致被風吹走已經不是什麼大問題了，真正的大問題在於，他們在使用妖力的時候，經常因為習慣於走「靈力」的路線，而出現不相容的自爆現象，當真的要使用時，對方還沒有攻擊過來很可能就已經被自己爆得灰頭土臉了。

海深藍花了很大的力氣調教他們兩個，生氣發火是常事，幸運的是，她每次都把那個倒楣的拜特校長帶在身邊，一有怒氣就抓住他猛踹，樓厲凡和霈林海倒是沒有受多少罪。

第二天，他們就離開了學校。因為他們臥底的事情是很秘密的，對其他人只通知說他們要進行校外實習，因此走的時候沒有什麼人送行。於是，明明在熱鬧的聖誕節前夕氣氛中，兩個人卻只能寂寞的背著很淒涼的斜陽坐上飛行器，飛向他們不可知的未來……

※◆◇◆◇◆◇◆※

零度妖學院所在的裉丁現在正是春天，春暖花開的時節，對樓厲凡來說，這裡真是比拜特學院冰天雪地的情景漂亮太多，已經到了完美的程度了。

當然，那是說如果他們沒有身負任務的話……

零度妖學院，校長室——

一個長著圓圓貓耳朵，身後搖晃著一條長長貓尾巴的十四、五歲小女孩坐在校長的椅子上，微笑的看著面前的一男一女。

「這麼說，你們兩個就是迷宮妖學院轉學過來的那兩個學生了？」

「是的。」那男的回答，「我是霈林海，愛爾蘭校長您好。」

霈林海身邊的女孩一直沒有說話，連眼睛也不往她那裡看一眼，愛爾蘭的目光瞟向她，又用詢問的視線看著霈林海。

霈林海有些尷尬，伸出手指戳戳那女孩，女孩漂亮的黑眼睛惡狠狠的瞪著他，一對瞳仁中瞬間射出了凌厲的殺氣，不過所幸又很快收了回去。

「我是……樓厲凡，愛爾蘭校長您好……」

為什麼樓厲凡會變成女的呢？連他自己也不知道。反正不曉得是哪個搭錯筋的混蛋，居然在迷宮妖學院資料庫裡暗中加入他們的資料時，把他的性別弄錯了，等發現的時候已經無法修改，而且也沒時間再修改。

於是海深藍一邊對拜特校長進行精神上的暴力折磨，一邊教樓厲凡怎麼學習成為女性、怎麼使用女性化妝品，樓厲凡幾次說自己乾脆不去算了，結果霈林海只要聽到他說不去便馬上聲明自己也不去，隨即那變態校長就會抱著他們兩個人的大腿哭，哭得人心煩意亂，不得不繳械投降。

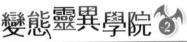

愛爾蘭微笑道：「我知道了，謝謝你們的介紹。那麼你們有沒有想好要進入哪個專業科系呢？」

妖學院的專業分科比靈異學院粗略很多，現在只有八大系十六個專業科。在靈異學院一般都是入學後的第二年開始分，而妖學院則是一入學就以自己的意志選擇分科了。本來選擇哪個專業都是一樣的，但是據說理事長貝倫也在學校中帶課，而那張賣身契應該是由貝倫保管的，所以他們早已計畫好，一定要進入貝倫帶課的那個專業科系才行。

樓厲凡道：「我們已經決定了，要去魔化專科。」

魔化專業科系就是將妖力進行魔化，也就是妖力的魔化應用科系。其實這樣說還是不太清楚，更仔細一點的解釋其實在於妖力和魔力之間的共通性，雖然魔力不能變成妖力，妖力也不能變成魔力，但是在特殊的手法作用下，妖怪們可以將妖力提升，得到近似於魔力的效果，這稱之為魔化，可以讓妖力得到最大的發揮。

樓厲凡他們很慶幸貝倫帶的專業科系是魔力化而不是變身，因為他們即使改變了「氣」的質性，他們本身的質性也沒有改變，所以就算再過一千年他們也學不會變身——當然，如果在這期間他們修煉成妖的話，那就是另外一回事了。

愛爾蘭靠在椅背上，長長尖尖的指甲就放在自己的臉頰邊，純淨的笑容看起來有幾分妖冶。她緩緩的說：「好，既然你們已經決定了，那就這麼定了。燈！」

燈？什麼燈？霈林海和樓厲凡茫然。

門被很有禮貌的敲了兩下，有什麼東西無聲的飄了進來，霈林海和樓厲凡回頭去看，啞然。的確是燈，一盞看起來年代久遠的馬燈悠悠蕩蕩的向這邊飄來。

「校長大人，您叫我？」

那盞燈開口說話了，是低沉的男性聲音。它大概就是所謂「燈」的妖怪吧？

「帶他們兩人去魔化專科熟悉一下環境。」愛爾蘭用尖利的指甲指一指面前的人，「然後再帶他們到貝倫那裡去。」

兩人沒想到這麼快就能見到貝倫，不免有些意外。雖然貝倫在魔化專科有帶課，但他並不是那個科系的專科主任，也不負責雜項事務，更何況他還是這所學校的理事長，怎麼會這麼隨便就讓他們見他？

滿肚子的疑問也不能提出來，兩人向愛爾蘭告辭，跟著燈走出去。

在出去的時候發生了一點小小的意外，因為樓厲凡穿的裙子是海深藍臨時從女學生那邊借來的，不知道她是故意還是湊巧，那裙子甚至不是「正常」的裙子，而是黑魔女專科的，長長的裙襬一直拖到腳面上，不小心就會踩到。他在踏出門去的時候就一腳踏到了自己的裙襬上，向前猛撲。

霈林海聽到身後的響動慌忙伸手去接，正好將樓厲凡抱了個滿懷。

「哦，很親密嘛，你們……」校長室的門慢慢關上，愛爾蘭的聲音從剩餘的縫隙中悠悠飄來，「你們什麼關係？」

「什麼關係也沒有！」樓厲凡一把將霈林海推開，吼叫著。

霈林海腦袋撞到了牆，一陣暈頭轉向。

他吼的聲音很大，只可惜門已經全部關上，愛爾蘭有沒有聽到也不得而知。樓厲凡只感覺到窩火又憋氣：本來被迫扮成女人就已經很讓人七竅生煙了，還被誤認為和這個白痴有什麼關係……

霈林海看到了樓厲凡的目光，不由得拚命搖頭：不是我！不是我的錯！我是無辜的！不要殺我！

樓厲凡閉上了眼睛。算了，雖然他很生氣，不過的確不是霈林海的錯……可是沒有一個出氣筒真的很惱火啊啊啊啊！

他眼中重新又燃燒起來的火焰讓霈林海緊貼在牆上，全身都僵硬得像是凍成了冰棒。

※◆◇◆◇◆◇◆※

妖學院和靈異學院不一樣，它不是建在地表上，而是在地下，像蟻洞一樣四通八達，畢竟妖學院的學生大部分都不喜歡太陽——不是怕，也不是討厭，只是不喜歡而已。這是其中一個原因，而另外一個原因就是妖學院的學生們既然都是妖怪，其所需要的大部分能源必然來自於大地，住在地底對他們來說自然是最好的選擇了。

可是這種事情對於人類來說很不舒服。

雖然霈林海和樓厲凡改變了自己「氣」的質性，但他們本身的質性卻沒有絲毫改變，他們基本上還是「人」，住在地底無論如何也不會舒服。

走過一條長長的走廊，又下了三、四層樓的樣子，燈先把他們帶到一個大約三坪的房間裡，沒有床，也沒有任何家具，房間中央只有一個水池，池中清澈見底，沒有見到入水口，也沒有見到排水道，只是泛著奇怪的銀色波光。這水雖然可看出是活水，不過實在看不出它是用什麼辦法與外界相通的。

除了天花板的燈具外，房間內沒有任何人工裝飾的東西，地面和牆壁也是裸露的泥土，沒有遮掩。

燈說道：「因為在下不知道二位的原形是什麼，所以只有先將二位安排到通用的房間裡。等與貝倫理事長見過之後，再為二位決定是否需要改換其他的房間。」

看來這裡的房間還不能隨意選擇……想起拜特學院的舒適房間，再看看這個簡陋得可以用「山洞」形容的「房間」，真是讓人心都涼了。怪不得海深藍不許他們帶多餘的行李，應該就是這種苦行僧式的生活所決定的吧？不過幸好，幸好他們不是妖怪，不用在這裡受罪太久。霈林海和樓厲凡很有默契的這麼想著。

帶他們看過房間之後，燈又帶著他們去見貝倫。

校長的辦公室在地下第一層，而理事長的辦公室在地下最後一層，也就是第三十六層。在向樓梯走去的路上，各個沒有關門的宿舍房間裡的千姿百態盡收眼底。

一間房裡住著個獐頭鼠目的男子，正空手在地上挖呀挖呀挖呀……挖出的大洞旁邊堆放著大堆大堆的土。那傢伙應該是土撥鼠？

另外一間房裡有一個攬鏡自憐的女人，長得是很漂亮，卻戴了滿腦袋的百合花——無論多漂亮的百合要是戴了滿頭，那就一點美感都沒有了。她身後有一條長長的好像蜥蜴一樣的尾巴，原形大概是巨蜥？

有一間房裡，一名瘦長男子盤在樹上——沒錯，是盤，瘦瘦長長的身子整個盤在樹上。

看見他們的時候，他不斷吐出長長的蛇信，黃色的眼睛裡閃爍著凶光，據燈說那是友好的表現，不過這種友好的表現讓霈林海和樓厲凡這兩個「凡人」實在無法接受。

還有一間房間裡沒有人，只有一屋子爬得滿滿的藤蔓，中間有一朵碩大的花。據說那是慕絲花妖，今天是蛻變的日子，花妖應該就在那朵花裡醞釀著蛻變的過程。

每個房間裡幾乎都有個水池，這樣看來水池是很實用的，因為妖學院裡的學生畢竟都是動物或者植物修煉而來，從無生命體和人類修煉來的很少，而且大部分植物類的妖怪不能用口喝水，只有全身都泡在水池裡才可以，很多動物類的妖怪還是習慣於伏在池邊喝水而不是用杯子或其他的什麼物品盛水，所以房間裡有那樣的水池是非常必要的。

不過，樓厲凡還是發現了一件奇怪的事情，「請問一下，燈……嗯，燈先生……」這麼叫一盞燈還真是彆扭，「我發現其他的房間好像都是一間房裡只有一個人住，為什麼我們兩個被安排在同一間房間呢？」

一路走來都是一間房間裡只有一個「妖」，但是他們兩個卻被安排在了一起，這似乎有點奇怪吧？

燈帶著他們兩人走下旋轉樓梯，聽到他的問題時，飄動的路線微微頓了一下，「嗯……這個嘛……」燈的聲音很平靜，因為沒有表情，樓厲凡也弄不清楚它究竟是真的不知道，還是在隱瞞什麼，「這是為了你們的安全著想。」

「安全？」

「你們不知道嗎？一般妖學院是個較為危險的地方，在學生入學的時候，校長或者理事長會對學生進行評估，能力夠強的就可以獨自有一間房間，可是能力不夠強的話，就需要兩人一間。」

「呃……嗯……」儘管樓厲凡完全不明白妖學院到底哪裡危險，不過他們現在是「從別的妖學院轉學過來」的，再問下去的話，只會讓他們偽造的身分穿幫。

變成「妖」之後的身體非常輕盈，與其說是「走」下樓梯，還不如說是「飄」下樓梯。所以一直走到地下第三十六層，樓厲凡他們都沒有哪怕是些微的疲累反應。

第三十六層只有一間房間，可是卻有和上面一樣長長的走廊，只是走廊兩邊沒有其他房間而已。燈飄到那個唯一的房間門口，用身體輕輕的撞了撞雕花的黑漆大門。

「理事長，那兩個轉學生來了。」

「請他們進來。」

很低沉、很好聽的聲音，好像是某種美麗的金屬在互相撞擊。

門自動無聲的打開，燈退到一邊，示意他們進去。

這是一間碩大的房間——真的只能用「碩大」來形容。整個房間高二十公尺，寬五十多公尺，呈半圓形，半圓的牆壁上是百餘層的書架，至少也有萬餘本書。

一個男子坐在高高的梯架上對他們笑了一下。他的眼睛是灰藍色的，嘴脣很薄，比他的身高還長一點的灰藍色頭髮隨意的披在背後，身穿藍色金邊的寬大袍服，胸前掛著一個鏤空雕花的圓形吊飾，袍服的底緣外稍微露出了一條蓬鬆的尾巴尖。他就是這個零度妖學院的理事長，要把拜特學院的校長連同學院一起拍賣掉的人——呃，妖。

貝倫從高高的架子上輕盈的飄落到地上，沒有地磚也沒有水泥的泥土地面沒有浮起半絲灰塵。他微笑著面對這兩個新來的學生，問：「你們兩個就是這次的轉學生嗎？」

「是……是的。」

貝倫的態度很和藹，可是不知道為什麼，他一開口，霈林海和樓厲凡忽然緊張了起來。或許那是因為他身上的某種氣質，也或許是他看起來好像什麼都知道，這一點讓人不由自主的感到害怕。

貝倫走到霈林海面前，灰藍色的眼睛淡然的看著他，「你是霈林海？」

「是！」霈林海僵硬的回答。貝倫離得這麼近，好像有很奇怪的感覺在壓迫著他，他覺得很不舒服，卻不敢後退。

貝倫又走到樓厲凡面前，看了他很久，卻忽然笑了起來。他一旦如此展顏，原本在他們身上的壓迫感就消失了，或者說，他的壓迫感根本就沒打算對付樓厲凡。

「妳是……樓厲凡？」

貝倫本來就很英俊，笑起來的時候更是好像有什麼亮麗的東西在他周身閃爍一樣。

「是。」

樓厲凡仰頭對這個高大英俊的妖怪微笑。在目光與他對視時，樓厲凡的臉紅了。

霈林海大驚失色。這一定是他的噩夢！一定是吧！那根本是不可能發生的事情！因為他現在正看到樓厲凡就像一個真正的女孩，正在面對自己一見鍾情的對象一樣露出最漂亮最可愛的笑容！天呀！地呀！誰來告訴他這不是真的！樓厲凡要愛上誰和他沒關係，就算愛上男人或者魔鬼甚至是一塊石頭他也沒膽子反對，可是那傢伙是貝倫！他們是專門來偷他的東西的！怎麼可以……怎麼可以……到時候無法完成任務要怎麼回去啊！

霈林海獨自一人在那裡跳腳，這邊對視凝望的兩人絲毫不受影響。

「妳希望進入魔化專科？為什麼？」貝倫笑著問。

「嗯。」樓厲凡回答，「因為我想讓我的……妖力，發揮到最大的效用。」本來習慣性的想說「靈力」，但在途中快速的改了過來，他險些咬到舌頭。

貝倫伸出一隻修剪得很整齊的、漂亮修長的手指摸了摸樓厲凡的臉，「不過我想魔化專科不一定適合妳。我很久都沒有見到這麼漂亮的孩子了，妳不去誘惑專科有點可惜。」

狼妖貝倫，今年五百二十三歲，叫樓厲凡「孩子」一點也不為過。可惜他說話的語氣那麼柔和，怎麼聽怎麼讓人往歪處想。

霈林海本來受到的刺激就很大了，貝倫的那一摸讓他險些一口氣吸不上來，而樓厲凡的反應更讓他覺得自己乾脆死掉算了——因為樓厲凡用那種只能稱之為「誘惑」的笑容對貝倫答道：「不過我知道狼族最帥的貝倫老師在這裡，所以我不去誘惑專科。」

霈林海站在那裡，全身凍成了冰，然後一點一點的碎掉了。

「很好，明天就開始上課吧。」

「是。」

自始至終，除了第一句問候之外，貝倫沒有對霈林海多說一句話。

第3章

無敵的狼妖誘惑之術

在燈的帶領下上樓的時候，霈林海由於精神刺激過大而多次失足滾落下樓梯，樓厲凡有些煩躁了，在第五次從樓底層把他撿回來時也懶得再讓他小心，而是隨意的拎著他的衣服領子往樓上拖。

幸虧他們現在是「妖」的狀態，否則霈林海的身體九成九是要受他無情鞭笞的。

回到房間，燈交代了他們一些注意事項就離開了，他前腳離開，霈林海後腳就把那鏤花木門關上，回身握住樓厲凡的手，很嚴肅的說：「厲凡……我知道那個狼妖貝倫很英俊、很帥氣，不過我希望你不要忘記我們神聖的任務，千萬不要被他的男色所迷惑……」

他話沒說完，樓厲凡一腳吻上他的肚子，在他痛得躬下腰時又往他的背上一陣猛踹。

「你說誰被男色迷惑！嗯？你說誰？！再說一遍我聽聽！」樓厲凡氣得青筋爆出，邊踹邊咬牙切齒的低聲罵：「你這豬頭！重要的事情一點都沒發現，只會在那裡胡說八道扯我後腿，看我不踹死你踹死你踹死你踹死你！」

儘管真的被踹得傷痕累累險些變成豬頭，但霈林海還是沒能將疑惑從心中去掉。因為樓厲凡剛才的行動實在太匪夷所思了。

樓厲凡終於洩憤完畢，忿忿然停下凌虐的腳步，很沒「淑女」形象的蹲在霈林海身邊低聲說道：「你難道都沒有發現我們剛才的狀況嗎？」

「沒發現……」

「……」樓厲凡再踹踹踹踹，「到底發現沒有？！」

「嗚嗚嗚嗚……」霈林海壓抑著的悲慘哭聲，「你再踹我一千腳我也沒發現啊……嗚嗚嗚嗚嗚……」

樓厲凡已經沒有力氣生氣了，「在來之前海深藍老師不是有講過，貝倫有很多詭異的法術？」他支著頭疲憊無力的說：「其中一個就是『誘惑之術』。當他看見自己合意的異性時就會用這種法術誘惑對方，讓對方愛上自己再對其若即若離，這是他的惡趣味。剛才他就是對我施出了這種法術……」

「這麼說你就是他合意的人選……哎喲！」

樓厲凡一拳打得他再不說廢話，又繼續說道：「由於我不是『異性』，因而他的法術對我毫無作用。可是如果被他知道這一點的話，我的男性身分肯定會暴露，所以我不能露出我沒有受到誘惑的樣子，反而還要用上海深藍老師教的『反誘惑術』來對付他，看起來……就是你剛才看見的那個樣子了。」

霈林海沒有想到他們剛才不過說了幾句話而已，居然就已經開始過招了，他感動的握住樓厲凡的手，「原來剛才的情況這麼危急啊！厲凡！你真是太厲害了！」

樓厲凡一揮手，霈林海撲通一聲掉到了水池裡。

「被男人握住手還被用這種口氣說話……真是太噁心了！」樓厲凡甩甩手說。

水池不深，霈林海坐在池底，水面也不過到他的腰而已。他抗議：「可是剛才那傢伙還有摸你的臉吶！你怎麼不揍他！」差別待遇！差別待遇啊……

樓厲凡想了想。

樓厲凡又想了想。

樓厲凡繼續在想……

「……因為他碰我的時候我沒有噁心的感覺啊。」真奇怪……

然而這句話一出口，不僅霈林海惡寒，連樓厲凡自己的後背都竄上了一股涼氣。他抱著頭蹲在了地上，口中喃喃自語：「完蛋了……完蛋了……難道說還是被誘惑了嗎……我還以為誘惑之術沒有發揮作用……難道真的發揮作用了？啊啊啊啊啊……」

他忽然拉起了剛才被他「親自」甩到水池裡的霈林海的手，「霈林海，我現在鄭重的求你一件事……」

「啊？」霈林海茫然。

「如果我真的被誘惑而愛上他的話，拜託你把我殺掉吧！他再英俊帥氣我也不想愛上男人！」說到這裡，樓厲凡簡直是聲淚俱下，「求你了！求你答應我吧！」

「不可能的吧……」

「我求你了！」真的哭出來了，「拜託！」

「……」

※◆◇◆◇◆◇◆※

由於本來就不是來學習的，而且半路出家的結果是妖學院的東西對他們靈異學院的學生來說根本是在聽天書，所以樓厲凡和霈林海兩個人在上課的時候相當打混，一有時間只是努力與周圍的同學打好關係，以探聽所有可能得到的貝倫的資料。

「貝倫老師嗎？」女狐妖歪著頭想一想，「他很帥啊，好帥好帥呢！他真是太帥了！」

「貝倫老師？」雄性的槐妖用沉悶的聲音慢慢的說：「雖然不想承認，不過他很帥，真的很帥。」

小小的蚊妖一邊用自己的翅膀發出煩人的嗡嗡聲，一邊非常夢幻的捂著臉說：「貝倫老師！您為什麼是貝倫老師！好帥啊……貝倫老師……」

答案千奇百怪，不過總結出來只有一條——那就是貝倫很帥，他是大眾情人。

「可是為什麼結果這麼統一呢？」樓厲凡在筆記本上寫下第兩百一十六個「帥」字後終於忍不住了，用力摔下紙筆怒吼：「這簡直像是大家早就統一了口徑來等著回答一樣！我們是不是上當了啊！」

霈林海臥在水池邊，懶懶的回答了一聲：「啊。」

「你啊什麼啊！」樓厲凡用力踩了他腳踝一下，痛得霈林海抱著腳在房間裡死命的跳。

「你也快發動你那個沒多少腦漿的腦子想！到底我們要怎樣才能問出『帥』之外更有意義的資訊來！」

霈林海都快委屈死了，「我沒想嗎？每一次我的問法都不一樣，可是得出來的答案都是一樣的——貝倫老師很帥，很帥很帥很帥……如果我想要再進一步追問的話，男的就會很暴躁的問我是不是專門來刺激他不夠帥，而女的就會開始猛發花痴恨不得抱著貝倫的照片高唱我的太陽，這讓人怎麼問得下去？」

「……怎麼辦啊？」樓厲凡痛苦的猛抓頭髮，一頭黑亮的短髮被他硬生生抓得好像雞窩一樣，「我這邊也一樣……」

「其實，還有一個辦法……」

霈林海的聲音很小，不過樓厲凡還是聽見了。

「什麼辦法？」

「這個辦法八成行，但是……」

一枝原子筆砸上了他的腦袋，怒吼聲傳來：「到底什麼辦法！快說！」

「就是由你……親自……」霈林海吞了一口口水，「親身體會……親自瞭解他……」

樓厲凡不太明白他的意思。

樓厲凡在想。

樓厲凡還在想。

樓厲凡努力的想……

樓厲凡想明白了。

於是，霈林海和樓厲凡的房間裡，傳出了某人即將被剁成肉醬的淒厲呼救聲。

半小時後，霈林海縮在角落裡抱著傷痕累累的身體哭道：「是你要我說的呀……」

「你白痴嗎！」樓厲凡怒吼：「這種事情我怎麼能親自……親自去做！你以為我們這麼辛苦向其他人問話是為了什麼！」

「可不就是不成功嗎……」

「不成功也不能用這種餿主意啊！」

接著又是一陣劈頭蓋臉的狠揍。

霈林海的臉都被打得變形了，他委屈萬分的為自己辯解：「可是我現在只能想到這個辦法……而且剛才我不想說的，是你逼我說出來的啊……」

「我說了無論怎樣也不許用這種餿主意啊啊啊啊！」

等樓厲凡消了氣，霈林海已經快被他打死了，而且是那種除了身上的東西之外，再認不出他身分的死法。

「那……怎麼辦？」霈林海欲哭無淚，哆哆嗦嗦的小心問道。

「似乎……」樓厲凡抓了抓頭，沮喪萬分，「還是得用你的法子……」

霈林海萬般無奈的昏了過去。

※◆◇◆◇◆◇◆※

誘惑之術是妖術的一種，在妖力的基礎上可達到效果的頂點。但是它並非萬能法術，而是有男女之分的，亦即是在不同性別的人（妖）作用在不同性別的人（妖）身上時，所使用的方法也不盡相同。

之前樓厲凡認為貝倫在他身上施用的誘惑之術並沒有發揮作用，就是認為貝倫當時使用的應該是男性對應女性的誘惑之術，對他應該無效。可是現在看來並不是這樣，那個法術似乎、好像、大概是有效的……雖然效果多大還不知道。

樓厲凡平時使用的是靈力，對妖力只有很基礎的認識，因此很多問題都搞不清楚，在誘惑男性和誘惑女性的法術中，其實有非常簡單的轉換原理，可是他不知道。所以他現在正在為「隔行隔層山」這樣的問題而抱頭苦惱。

「霈林海……」

「嗯？」

「如果不使用誘惑之術的話，我要怎麼接近貝倫？」

「……」

兩人在房間內的水池兩邊盤腿而坐，隔水相望，想到那個問題的時候，兩人同時嘆了一口氣。這輩子還沒做過賊，頭一次做就是這麼困難的，難道是老天要亡了他們嗎？

「現在的問題是——」霈林海說：「我們連他的作息時間都沒搞清楚，他什麼時候在理事長室、什麼時候在自己的房間也不知道……對了，他平時睡在哪裡？一樣不曉得。」

「當然，他有沒有小金庫或者私藏東西的地方就更不知道了……」

「……」

沉重的低氣壓把兩人壓得腰都直不起來。

「啊！對了！」霈林海忽然一拍自己的膝蓋，似乎想到了很重要的事情。

「怎麼？」

「隔壁！」霈林海有些興奮的說：「我們還有隔壁的這幾個妖怪沒有問！說不定能從他們身上問出點什麼呢？」

樓厲凡無力，「白痴啊……那麼多人都問不出來，再問這幾個難道能有什麼突破嗎？」

「反正閒著也是閒著，與其在這裡發愁，還不如去問問看！」霈林海跳起來，拖著一動都不想動的樓厲凡往門口跑去。

那隻土撥鼠還在勤奮的挖洞，不過今天牠是原形出現，身體大概有半人高，兩隻前爪飛快的挖土，然後由後爪推出洞去。像牠這麼挖居然沒有挖穿到下一層去，真是奇蹟了。

霈林海和樓厲凡走到土撥鼠的洞口，向正在勤奮挖洞的牠小心翼翼的打了聲招呼：「對不起，土撥鼠先生……」

「土撥鼠」從洞裡探出頭來，黑亮的大眼睛很和善的看著他們，「抱歉，我是鼴鼠。」

霈林海咳嗽了一聲以掩飾自己的尷尬，又笑著說道：「呃……鼴鼠先生，我們有幾個問題想問您，可以嗎？」

鼴鼠點了點頭。

「關於貝倫理事長，您瞭解多少？」

鼴鼠歪歪腦袋，「你暗戀他嗎？」

霈林海險些一頭栽到洞裡，「不……不是啊！」

鼴鼠又看看旁邊女裝的樓厲凡，「那就是妳暗戀他？」

樓厲凡臉色發黑，「難道一定要暗戀他才能問嗎……」

鼴鼠笑笑，兩隻前爪似乎已經習慣性的在洞壁上輕輕刨，「不是，只是我在這所學校十二年了，凡是新來的學生都必定要到處打聽他的事情，而這些學生，百分之八十都是被他迷住了的。」

妖學院和魔學院的學期都很長，從入學到畢業總共需要十五到六十年不等，至於究竟要多長的時間，就看學生自己喜歡學多少東西了。

牠的回答不像其他學生那樣辭不達意甚至瘋狂，樓厲凡和霈林海馬上想到從牠這裡問出來的東西必然很有價值，不禁興奮起來。

在兩人接連的詢問下，從鼴鼠這裡得到了以下資料：

貝倫，屬性「狼」，今年五百二十三歲，四百年前創立零度妖學院，一直獨身。妖學院也是每天白天上課、晚上休息，因此白天的時候他如果沒有去上課就一定在理事長室，晚上則經常會到地面上去曬月亮。

樓厲凡很想問問牠，貝倫有沒有藏匿什麼東西的嗜好，或者喜歡把東西藏在哪裡。但是那種問題實在太奇怪了，一旦問出口，身分恐怕就會暴露，所以他咬牙憋了很久，決定等下次裝作不經意的樣子再套牠話。

到了「巨蜥」的房間裡，霈林海再次打頭陣向那位美女問好，不幸的是「巨蜥姐姐」剛叫出口，「巨蜥」就很不高興的糾正他：「我是鱷魚不是蜥蜴！」

霈林海被連續兩次的打擊弄得心情沮喪，念叨著「反正我就是孤陋寡聞」蹲在角落裡畫圈圈，問話的重擔再次落到了樓厲凡的肩上。

這位鱷魚美女似乎同樣沒有受到貝倫的影響，不過很可惜，雖然樓厲凡的問題她答了不少，但沒有多少突破性的資訊，她知道的和鼴鼠知道的沒有多大區別。

那個在樹上盤纏的瘦長男子今天也還了原形，是一條大王蛇，可是由於牠堅持說自己是眼鏡蛇，霈林海也弄不清楚究竟是牠對還是自己對，但有了兩次的前車之鑑，他寧可相信自己是錯的，於是又縮到一邊念叨「我就是孤陋寡聞」去了。

「貝倫？他啊，他很喜歡把重要的東西埋起來。據說前一屆學生的畢業證書也是因為他這個奇怪的嗜好被埋起來，等一個月後要交給學生了他才想起來去挖，結果畢業證書全都開始腐爛了。」

這是一條很重要的線索，樓厲凡興奮的在記憶中劃上了一個重要符號。不過要是仔細想一想的話，埋東西……世界這麼大，天知道他會把東西埋在哪裡啊？

至於那株慕絲花，霈林海沒有認錯，而且慕絲花本人也沒有不承認這一點，不過霈林海已經不敢問了。所以這一次還是樓厲凡進行詢問。

「貝倫……貝倫……貝倫是誰？」剛剛蛻變成少年模樣，不過仍然臥在花心中的慕絲花妖睡眼矇矓的反問。

霈林海兩人倒地。

經兩人一再的提醒下，花妖終於想起來了。

「啊，哈哈哈……蛻變的時候會有一部分的記憶被蛻掉，就算是忘了誰也不奇怪嘛！哈哈哈哈哈……貝倫……呃，嗯，那傢伙啊，很自戀啊，而且很喜歡對別人用誘惑之術，似乎和一個現在很有名的變態學校校長是同學……對對對，好像就是叫拜特！他們以前是好朋友，甚至曾經說要一起開一間最有名的妖學院。可惜那個拜特明明身為妖怪，後來卻喜歡上研究靈異理論，他們兩個就為此反目了。」

「……嗯？這次據說要把那個拜特連同他的學校一起賣掉？哈哈哈哈……怎麼可能！他們始終是朋友……呃？賣身契都簽了？拍賣會也定了？呃呃……這個我就不知道了……人和妖都是會變的嘛……」

霈林海猜得果然不錯，住在他們隔壁的學生的確有一部分沒有受到貝倫的「魅力」、或者是其他什麼能力的控制。這些沒有被控制的妖，年紀普遍很大，一般都在兩百八十至三百七十歲之間，大概是與道行有關係的緣故吧。這樣的學生雖然數量不多，卻能問出一些重要的訊息，他們總算沒有白跑一趟。

按照原定計畫，樓厲凡無論如何都需要「親自」去接近貝倫。

儘管他沒有說，霈林海還是能看出他很害怕這個任務，他恐怕沒有自信能全身而退。如果現在和他一起來的人不是霈林海而是一個比他經驗更強的人，他大概連焦慮症的症狀都會表現出來，可惜……

他們來零度妖學院臥底已經有一個星期的時間，再過一個星期拍賣會就要開始了。聽海深藍老師的說法，在所有的拍賣品中，拜特學院和拜特那個變態的拍賣價以及競爭的人數是最多的，就算他們想用自己的財力去競爭……不僅沒那個錢，而且如果買回來之後卻又因為負債而破產的話，也就毫無意義了。

現在全部的希望都集中在這兩個可憐的小偷身上，承受著希望的重壓，他們在心裡足足罵了那個變態校長千遍不止，卻還是得努力為那個變態做這種卑鄙無恥下流的事情。

※◆◇◆◇◆◇◆※

「貝倫每天晚上會到地面上去曬月亮——」

這是很多妖怪的習性，所以晚上在地面上曬月亮的妖怪恐怕很多。雖然「誘惑別人」是貝倫的個人興趣，他本身卻還是有著狼的孤傲性情，一定不會和其他的妖一起像是大雜燴一樣成堆聊天，到時候找他也是很大的麻煩。

樓厲凡決定把用「獨處」來接近他的辦法列到最後一條，現在最好能找個貝倫不在的時候潛入他的理事長室，那裡應該是藏匿那張賣身契的最可疑地點。

兩人監視了三天，貝倫每天晚上基本上都在十二點左右離開理事長室，順著樓梯慢慢的飄上地面，然後變成一頭巨碩的白狼跑到最高的懸崖上拉長聲音嗥叫。牠的嗥叫似乎是某種信號，在聽到叫聲時，其他妖怪們就會陸陸續續的鑽出地面曬月亮。

十二點三十分左右，白狼離開懸崖鑽入密林，樓厲凡和霈林海自認用人類的身體追不上牠，只有退回來。

凌晨三點左右，白狼會再次準時出現在懸崖上，不過這次牠不會叫，而是在昏暗的夜色下蛻變為平時的模樣，再悠然飄回學校，回到理事長室休息。

他們跟蹤幾天的結果表明，貝倫應該就住在理事長室裡，他不喜歡出門，不喜歡管和他沒有關係的事情，所以除了他上課的時間之外，他一般都在那裡。

這樣看來，只有晚上十二點到凌晨三點之間三個小時是理事長室的閒置時間，樓厲凡他們要潛入，也只能在那期間才行。

可是要進理事長室的門是一個大麻煩，他的門並非用鑰匙開啟，而是用了「言咒」。言咒，在出門的時候對門說一句話，這句話就是「契約」，在使用同樣的契約打開它之前，這扇門無論用物理的、化學的還是超能力的方法都不可能開啟，這就是言咒。言咒的作用強度每個人都一樣，唯一有能力高低差別的只有範圍大小。

妖學院中沒有電話也沒有其他的電子設備，霈林海只能趁晚上的時間徒步到五公里外的一座電話亭和拜特學院聯繫，可惜海深藍和其他老師的回答也與他知道的沒什麼差——言咒是由靈波基於自身的能力波長而製作的咒術，只有在與施咒者同波的時候才能解開。

換言之，樓厲凡和霈林海的波長是很相近的，如果霈林海對某扇門設下言咒，那麼樓厲凡只要複製出他設下言咒時的那一瞬間的波長就可以打開。

可是，貝倫的年紀太大了，他的波長根本不是樓厲凡或者霈林海這種「小孩子」能模仿的，而且雖然樓厲凡他們可以模仿「妖」的氣，但是妖的波長和能力共振這些東西他們也沒辦法模仿。

海深藍在可視電話那邊看著霈林海已經快死掉的表情，笑著搖了搖頭，向他傳授了一個以往她根本不會傳授於人的神秘解咒方法……

「什麼——！」

樓厲凡的聲音高度已經超出了人類聽力所能接受的範圍，霈林海抱頭鼠竄。

「居然這麼容易！為什麼我沒有想到！」

樓厲凡真想給自己一拳頭，這種方法真的很簡單很簡單，如果他們不是把目光只盯在那扇門上的話，現在可能早就進去了。

距離拍賣會已經時日無多，雖然樓厲凡他們想再觀察幾天、摸清貝倫確實的作息時間再說，可是時間不等人，已經容不得他們再多想。簡單的討論了一下之後，樓厲凡和霈林海決定當天就動手。

※◆◇◆◇◆◇◆※

又到了晚上，貝倫依然和之前幾天一樣，十二點左右準時離開理事長室，對房門立下言咒之後就往樓梯飄去。雖然這時候他離開就暫時不會回來，但是為了保險起見，樓厲凡他們決定還是再等一會兒。

十二點二十五分，一聲狼嗥穿透層層的地面鑽入學生們的耳朵，各種各樣的妖怪現出原形，順著嗥叫的來源悠然向地面的月光浴前進。

這聲狼嗥標誌著貝倫至少在半個小時之內回不來——因為他回來時是用那種如同閒庭信步的速度，從頂層走到地下三十六層至少需要半個小時——樓厲凡和霈林海決定動手！

他們從黑洞洞的樓梯陰影中走出來，樓厲凡用妖感力探測周圍的情景，確認的確沒有人之後，示意霈林海可以開始了。霈林海吐出一口氣，四肢張開，輕輕的「喝」了一聲，身上出現了劈啪不斷的白色電光，電光過後，他全身的妖氣整個回復成靈氣。

他走到理事長室的門前，手摸上那扇門，向左緩慢的依次撫摸，手下用靈力隨時探測門上言咒的作用範圍。

等摸到與門緊鄰的那面牆的外上方一公尺處時，霈林海在上面畫了一個記號。

「厲凡，就是這裡！」

樓厲凡也上前摸了摸，點頭道：「是，就是這裡，那就開始吧。」

兩人從樓梯的陰影處拖出一個很大的袋子，從裡面拿出兩支鐵鏟。

別誤會，這兩把鐵鏟是貨真價實的普通用品，就算神仙來用也用不出什麼靈異功能。他們現在要用的就是它的普通功能——挖土。

一個言咒只對一種東西有效，如果是道行比較低的人來做，言咒的作用範圍只能在那扇門上起效用。不過，貝倫的能力不可小覷，他所設下的言咒範圍究竟有多大誰也不清楚，如果只是被言咒反彈，那還算小事，但要是因為這樣而驚動了施術者，那就得不償失了。

所以霈林海用靈力先探測言咒的範圍，然後在言咒範圍之外的牆上挖洞。

零度妖學院完全在地下，絕對不加任何不必要的人工設施，所以每層樓都等於一個由泥土蓋出來的房子。這對於需要挖洞的他們來說是最好不過的事情了。

樓厲凡所說的「太簡單」就是這個原因。他們想了那麼久的破解辦法，可是眼睛只盯著那扇門，從不往旁邊看一看，總認為眼前的問題很困難、那種事簡直不可能，其實只要稍微往旁邊瞧一眼，答案很容易就出來了。

可惜的是他們這次沒有帶蘇決銘來，如果他來的話，只要把室內和室外的空間連接在一起就可以很簡單的進去，連洞都不必挖。雖然霈林海也會開徒手次元洞，可是他的超能力只會開一側，要連接兩個空間是不可能完成的任務。

樓厲凡也將身體的妖力轉回了靈力，兩人將靈力灌注於鐵鏟上，對著剛才霈林海畫出記號的地方開始快速鏟挖。

如果是普通人來做的話，這種四、五公尺厚又異常堅硬的土質層，至少也要三天的時間才能挖開，可是他們兩個使用了將靈力灌注於普通工具的方法，只用十分鐘就挖穿了那堵奇厚的牆，進到了理事長室裡。

理事長室和他們那天報到時沒有什麼不同，巨大的書架和萬餘冊書在那裡靜靜的立著，好像神秘的隱藏了什麼東西，又好像在說「我這裡什麼都沒有，你找也沒用」。

樓厲凡用靈感力搜索了一下，大失所望。進來之前樓厲凡想得很好，那張賣身契那麼重要，貝倫肯定把它放在一個非常安全的地方，而對他來說最安全的地方，八成就是這個辦公室了。

如果是很重要的東西，那它和保存它的容器必定有藏匿者濃厚的意念，只要讓他進來，他就有自信能夠透過靈感力探測到有深厚意念的東西，那張賣身契當然也就跑不遠了。

可是他沒想到，這間理事長室裡居然沒有任何「屬於貝倫」的意念，只有一些大概是來過這裡的人所留下的各種各樣的意念，就好像這裡只有過那些閒雜人等，貝倫從來沒有在這裡出現過一樣。

辦公室裡也沒有任何「封印」的氣息，沒有意念被封印的痕跡，那麼，貝倫的意念到哪裡去了？為什麼這裡沒有他的意念？

霈林海用靈力探測返回接收到的資訊和樓厲凡的大同小異，不過他不像樓厲凡遇見某種情況會馬上陷入思考，而是在使用未果的情況下，就開始用最原始的方法尋找了。

他首先翻的是那張和愛爾蘭校長辦公室裡很相似的辦公桌，桌子沒有鎖，所有的櫃門和抽屜都是一拉即開，裡面放著各類文件和印章。霈林海隨意的瞄了一眼，發現那都是非常重要的東西，貝倫居然就這麼隨隨便便丟在抽屜櫃子裡，連把鎖都不加！這說明了什麼？他相信別人不會偷？還是自信別人偷不走？

沒時間思考究竟是什麼原因，霈林海把整個辦公桌從裡到外翻了個遍，甚至仔細敲打桌子聽聽它是否有什麼玄機，然而卻一無所獲。

樓厲凡才不像他一樣絲毫沒有計畫性的去找，在靈感力搜索意念無效之後，他開始仔細回想他們第一天見到貝倫時，他正在幹什麼。

——對了，那個高高的梯架……貝倫當時正坐在梯架上拿書……可是他在拿哪本書呢？眼前迅速閃過當時的情景。

——貝倫在某個書架前面……似乎是……

樓厲凡將放在牆邊的梯架推到他記憶中貝倫所在的那個書架前面，爬上梯子坐在上面，開始一本書一本書的摸過來。

這間屬於貝倫的辦公室裡之所以沒有他本人的意念，最可能的原因大概有三個：一個是他故意將自己所有的意念都在出門的那一刻毀掉了；第二個則是他對於這個辦公室完全沒有意念，就好像行屍走肉一樣；而第三個，可能是他太過淡泊，對這個辦公室的意念非常弱，如果用大面積的搜索肯定搜索不到。

如果是第一種，暫且先不說他的防衛心或者他們暴露的可能性，僅僅是這裡缺少他「自己」的意念就是個問題，如果真的毀掉的話，其他人的意念必定也會被毀得一乾二淨，然後這裡就會變成「意念的真空」，這種方法是不可能有選擇性的。可是現在不是這種情況。

而第二種，怎麼看他都不是對這所學校沒有意念的樣子，畢竟他還是妖而不是神，所謂的意念或多或少都會有，完全沒有就有問題了。

用排除法，只有最後一種可能了。

那麼微弱的意念，用樓厲凡那種程度的靈感力尋找的話就是用撈鯊魚的網去抓蝦米，根本不可能找到意念的所在之處。所以，他現在用最小面積的捕撈法，用「專門捕蝦網」去捕撈「蝦米」。

只要能找到確定是貝倫的意念的資訊樣本，他就不需要用靈感力去尋找了，只要用那個樣本作為引領和召喚，就能找到所有附著了他最強意念的東西。

人們已經習慣視而不見的東西上是不會有意念的存在，只有「被重視」、「被尋找」、「被監視」、「被保護」的東西上才有。所以那個梯架雖然貝倫用過，卻沒剩多少資訊，樓厲凡只能從貝倫看過的書上尋找。

——這一本上……意念很少……這一本也一樣……還有這一本……都很少……應該是很久以前看的了……這一本……這一本……不不，也不是這一本……

當他的指尖觸到一本外殼很堅硬的書時，整個手腕都猛然震了一下。

如此之強的意念！在接觸到的瞬間就好像有一個人忽然在耳邊大吼了一聲一樣，驚得毫無防備的樓厲凡心臟險些停跳。

——是了！這就是貝倫的意念！

可是為什麼剛才沒有發現呢？他的靈感力剛才也篩選過這裡，為什麼沒有找到它呢？

對了……那本書大概是意念太強了，所以在封皮上有封鎖意念的封印，如果剛才他不是恰好碰到了內部的書頁，肯定是發現不了的。

樓厲凡將那本書抽了出來。書很厚，光是封面的外殼大約就有兩公分厚，書頁大概比六百頁一本的靈異統論多了一倍。外殼上的書名寫的是「論吸血鬼的起源」，作者是「拜特・H・SX」。

——拜特・H・SX？

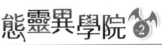

——好熟悉的名字……拜特？

「啊！」

突如其來的大叫讓沒有梯架卻正想往書架上爬的霈林海手一滑，伴隨著巨大的聲音，結結實實的躺倒在地上。如果只是這樣就罷了，問題是當他倒在地上之後，他剛才用力攀爬的那部分分體書架晃了幾下，也向他倒了下來……

等樓厲凡一臉黑線的把他從書和書架下面拖出來的時候，這個可憐的傢伙已經連話都說不出來了。

「你沒事吧？」樓厲凡拍拍他的臉。

霈林海緩緩搖頭，眼神很悲憤的看著樓厲凡，看得他尷尬的直咳嗽。

「抱歉抱歉，剛才我看到了一本很奇怪的書，忍不住就叫出來了。」

奇怪的書？霈林海用眼神反問他。

樓厲凡把剛才為了救他而扔到了一邊的書放在他的面前，「喏，就是這一本。你看看它的作者。」

「……拜特·H·SX？」

「我們的校長全名就是拜特·H·SX。然後你再看看這本書的出版日期。」

樓厲凡把書翻到最後一頁，上面的首次出版日期明明白白的寫著——二六九六年！

那是一千年前的事了！

「……難道是同名？」

「我剛才也以為是這樣。」樓厲凡把書翻到扉頁部分，「你看看這裡的簽名。」

在扉頁上，有一個龍飛鳳舞到幾乎看不出來到底寫了什麼的簽名。它的內容是——

「送給可愛的小貝倫．迪亞那——拜特．H．SX於三一九八年。」

那個簽名雖然跟鬼畫符差不多，不過那個名字的寫法和刻在拜特學院門牌上那個變態校長的簽名一模一樣，一般人是絕對模仿不來的。

這麼說那個變態校長至少也是一千歲以上……有這種可能嗎？根據慕絲花妖的說法，拜特和貝倫應該是同學吧……不過，那麼大年紀的妖怪會去上學嗎？

雖然妖怪的壽命的確很長，但是千年的妖怪還真的很少見到，就算是樓厲凡，除了家裡有個千年以上年齡的女鬼外婆，他也很少見到這麼大年紀的妖怪，最多八、九百歲就已經很了不起了。

畢竟一般道行高深的妖怪不屑和他們見面啊……

「不過你看看這書——」霈林海把書從前面翻到後面，又從後面翻到前面，「很新，就好像剛出版的一樣。一千年前的書有可能這麼新嗎？」

樓厲凡狠狠瞪他一眼，把書又翻到最後一頁，那上面明明白白寫著——

首版日期：二六九六年三月七日

第五二一版日期：三二九七年四月一日

「……哈哈哈……」

只是六百年的話，只要稍微用點心就可以保護得很好，這並不是什麼難事。不過既然如此，問題就來了——

一、當時拜特和貝倫之間的關係應該是很好的，至少也是貝倫很仰慕拜特，所以才有這個簽名。

二、直到現在，貝倫應該依然很崇拜拜特，否則這本書上不應該有這麼重的意念。

如果這兩項猜測成立，那麼貝倫為什麼要把拜特連同拜特學院賣掉呢？當時他又為什麼要用這種手段，讓拜特在那麼多人面前丟人現眼的輸給自己？

樓厲凡和霈林海所能做出的唯一解釋就是——以前的確是很崇拜，但不表示現在也會很崇拜，尤其是看到自己的偶像居然在那種場合用那麼卑鄙的手段去坑蒙拐騙……大概是一怒之下才會想要用這種方法來懲罰那個變態？

——如果當時沒有連拜特學院一起出售就好了……

——把拜特那個變態賣掉才是最好的選擇！

兩個人陷入了極度的憤恨中。

然而，他們沒能在那種情緒中沉浸太久的時間，霈林海偶然看了一眼自己的錶，兩點三十分……

「呀啊！沒時間了！」霈林海和樓厲凡同時翻身跳了起來。

貝倫三點就會回來，現在他們只有半個小時的時間尋找賣身契。

可是這時間未免太快了，他們才進來多久啊？就算是發呆時間也不該過得這麼快吧？難道是看錯了時間嗎？霈林海又借樓厲凡的錶看了看，一樣，兩點半。

來不及想那麼多了，假如能找到那東西並且偷走，貝倫肯定會發現的，光是他們兩個在這辦公室裡留下的「偷竊」意念就很可怕，那條狼的嗅覺可不好瞞，所以他們打算一旦偷到手便馬上連夜逃掉，只要到了拜特學院的範圍就安全了。

可是……

能找得到嗎？

第4章

老師，我想當人！

霈林海抱著那本沉重的書籍，樓厲凡的手放在書頁上。書頁上的意念傳導到他的手掌心中，轉換成信號，他發出吸引波動，讓這信號成為「吸引」的源頭——這就是尋找意念的方法之一。

書本發出了緩緩的收縮律動，好像心臟一樣。樓厲凡和霈林海的眼睛泛出了隱隱的紅光，現在在他們看來，整間理事長室裡都是黑色與白色，只有擁有和這本書相同意念的東西才會顯示出彩色。

「左二書架，右上第一排第一本書。」

「右三書架，右下第十九排第六本書。」

「左方抽屜，暗格發光。」

「天花板，中心位置有色彩。」

「左一書架，與牆交界處。」

兩人快速的交換自己發現的情報，但是那些色彩都不是很重，說明那些東西上的意念不夠重，既然意念不重，那八成就不是目標物了。

兩點四十五分，再過十五分鐘貝倫就會回來了，如果他心情好的話，偶爾也會在兩點五十左右回來，他們兩個還要做收尾的工作，所以不能再多留。簡單的交換意見之後，他們分工合作，迅速將辦公室裡的東西統統回歸它原有的位置，然後從他們剛才挖開的那個地方鑽了出去。

那個洞當然不能就這麼留給貝倫看，霈林海在那堆土前面畫出一個圓圈，土堆無聲無息的消失在一個黑洞洞的窟窿裡，土堆消失之後，那個黑洞也消失了，地面平平整整的，好像從來都沒有放過任何東西似的。

然後樓厲凡將手放在洞口的兩側，全身一震，「封印！」

洞口處閃現出了千萬條的細細光纖，將洞口封鎖得嚴嚴實實，最後在外層自動覆蓋上了一層與之前牆壁無異的遮蔽，就算是封印者本人恐怕也幾乎分不出來到底哪裡被封印過了。

這就是樓厲凡天生的超能力——徒手封印。

不過這次使用的封印，缺點是只對「視覺」封印的效果很好，對「觸覺」效果會稍差。也就是說，貝倫回來後會看到一個完整無缺的辦公室，但如果他走到這面牆的前面，伸手觸摸牆的話，就會發現這裡的觸感不太一樣，以他的經驗，立刻就能知道這裡被人入侵了。

樓厲凡很想讓它在「觸覺」上達到完美，可惜這很困難，要做也可以，只是要消耗很多的能量和時間，而且也不是很必要。

兩人將挖掘的工具收拾好，放回樓梯下的陰影處，再將靈氣轉換成妖氣，然後裝作什麼事情也沒有發生過一樣，平靜的往樓梯上走去。

時間算得剛剛好，他們剛剛走上第二十五層，就見貝倫施施然的從上面飄下來。

「理事長好！」

「理事長好。」

平靜的問候，沒有露出半點破綻。

貝倫對他們笑了笑，「哦？怎麼沒有上去曬月亮？」

「因為有點事……」樓厲凡也對他笑了一下，雖然學會了化妝卻整日素顏朝天的那張臉上，表情非常無辜而純真。

「厲凡啊……」貝倫看著樓厲凡，「妳在這個學校還習慣嗎？要是不習慣的話就要和我說，知道嗎？」

不知是不是霈林海的錯覺，總之貝倫的聲音異常的溫柔。

「是。」

貝倫笑著摸了摸他的頭，之後便與他們擦身而過，飄下了樓梯。

「厲凡……」霈林海猶豫的用小小的聲音說：「那個貝倫啊……」

「嗯？什麼？」

「他好像只看見了你……對我連看都沒看一眼……」

「……」

樓厲凡看著貝倫消失的地方，心裡微微擔心的想著自己和霈林海留在他辦公室裡的那股意念會不會被發現，要是被發現的話……不過，就算被發現也沒有關係。因為他們留下的意念是靈氣的質性，他不會懷疑到「妖」身上去的。

不會的……大概吧。

※◆◇◆◇◆◇◆※

看來貝倫後來的確沒有發現他們在他辦公室逗留過的事，因為第二天貝倫還是和平時一樣向他們打招呼、上課，看不出態度有什麼不一樣的地方。

晚上，他們兩個再次潛入貝倫的辦公室，可是這一次和前一天一樣，什麼也沒有發現。霈林海不死心，死拖著已經準備抓狂的樓厲凡在裡頭一遍一遍的搜索，可是他們都快要掘地三尺了，卻仍然沒有辦法找到那賣身契蛛絲馬跡的線索。

「我……不幹了！」樓厲凡在那個偏遠的小電話亭中舉著可視電話的螢幕死命搖著，「我不幹了不幹了！這根本就不是人幹的事情！我要回去！」

當小偷的精神壓力太大了，再這麼下去他就要崩潰了。

「請加油，畢竟這件事只有你們兩個人能做得了。」

海深藍的語氣不像是在鼓勵他們，而像是在威脅一樣，這讓樓厲凡很不爽。

「我說我不幹了！明天我就回去！天一亮我就走！」

「非常抱歉……」海深藍溫柔的笑容看起來異常的陰險，「我們在把你們的資料嵌入迷宮妖學院的時候，同時把你們的戶籍資料也嵌入了妖籍，現在你們兩個在法律上已經不是人了。所以就算你們回來，拜特也不能接收你們……」

「妳說什麼！」

樓厲凡衝上去就要把螢幕拔下來摔掉，霈林海從後面拚命架住他，以防在事情還沒有說完之前這可憐的電話就壽終正寢了。

「這是很自然的事情啊。」海深藍溫柔的笑容在現在看來就好像惡鬼一樣，「在轉學的時候，系統會自動查詢你的戶籍，如果與你要上的學校不符合的話是不行的。要把你們的戶籍嵌入妖籍真是很麻煩吶，要是可以不做的話我也不想做。」

「那就不要做啊！」

「呵呵呵呵……反正已經做了，請節哀順變吧。」海深藍隔著冰冷的顯示器向他們笑著揮手，「等你們把東西拿回來之後，學籍和戶籍就可以恢復了。祝你們成功，再見。」臨了還有個飛吻。

樓厲凡瞪著變黑的螢幕，肩頭微微顫抖：「混……混……混……混……混蛋！」

一聲巨響，無辜的螢幕終於走到了它生命的盡頭。

「我就說為什麼他們一點都不擔心我們會中途不幹，原來是因為這樣！不僅事情難做而且還有這種威脅！讓人半途而廢都沒辦法！該死的妖學院！該死的變態學院！該死的拜特！該死的海深藍！該死的靈異協會啊啊啊啊啊啊！」

……好像和靈異協會沒關係吧？

霈林海把他強行從電話亭中拖了出來，否則不只是螢幕，整座電話亭都要化為齏粉了。

「放開我！我要去殺了那群混蛋！」

霈林海滿頭直冒冷汗阻止道：「對不起、對不起！不過首先還是把東西弄到手再回去吧，否則這輩子就真的變成妖了。」

不是說妖和人之間有什麼階級分界線，問題是「妖」本身比「人」的能力要強，而且壽命很長，所以社會上對於妖的要求標準就很高。要是在戶籍上變成妖籍的話，他們就必須以人類的身體來承受妖的責任，他們是絕對絕對不會樂意做這種犧牲的。

不過還是那句話，他們要是真的變成妖的話，那就另當別論了。

「可惡啊啊！等我回去我就殺了你們！殺了你們！全殺掉！我要在那個變態學院裡放毒氣！要在你們每個人的茶杯裡放硫酸……」

一頭狼在遠遠的小樹叢中看著他們兩個的悲慘境遇，口中發出了呼哧呼哧的奇怪笑聲。

※◆◇◆◇◆◇◆※

A計畫失敗，逃走的B計畫流產，現在只能用最後的殺手鐧——C計畫了……

樓厲凡的臉色比任何時候都綠，霈林海的臉色比任何時候都黃。

因為現在樓厲凡將用他的「魅力」去「迷惑」貝倫，好套出賣身契的下落。而霈林海……正被他掐住脖子閉眼等死。

「我告訴你……霈林海……我在這妖學院所做的事情，絕對絕對不允許你告訴任何人！連海深藍和拜特也不行！要是讓我發現你透露了一丁點的口風，我就把你一點一點撕碎了餵狗！你聽到沒有！」

這些字是一個一個從牙縫裡蹦出來的，生硬得好像冰渣一樣，刺得霈林海渾身哆嗦。

這位可憐人不禁嚥了一口唾沫，「呃……如果是妖學院裡的人透露出去的話……」

「你跟著陪葬！」

「……」我招誰惹誰了呀！

無辜的霈林海在內心深處痛苦的大喊，然後一邊流淚、一邊在心裡打算著怎樣的自殺方法比較不痛苦……

※◆◇◆◇◆◇◆※

晚上，十二點二十五分，樓厲凡站在妖學院的門口盯著在懸崖上悠閒曬月亮的貝倫，一動不動。

「厲凡……」霈林海小心翼翼的在他耳邊提醒，「你已經站了半個小時了……再站下去的話他就到樹林裡去了……」

從貝倫上到地表開始，樓厲凡在那裡端端正正的站了半個小時，連手指頭都沒動一下，這會兒身體都有些僵直了。

「……用不著你管……」樓厲凡臉色青黑，在夜色下更是形容恐怖。

霈林海老老實實從命，躲到一邊連一句話也不敢再說。因為他不曉得自己下一句話會不會就惹到樓厲凡，讓他有藉口抓住自己洩憤……

十二點二十九分，樓厲凡的步子終於移動了，他慢慢的、慢慢的向懸崖走去，就好像在走向砍他腦袋的鍘刀。

十二點四十二分，貝倫還沒有離開懸崖，樓厲凡沉重的身影在艱難的跋涉之後，終於走到了他——或者說，「牠」的身後。

懸崖上的那頭白狼忽然動了一下耳朵，然後放在爪子上的腦袋緩緩的抬了起來，一雙狹長的眼睛在月光的反射下閃著冷冷的光芒。

「樓厲凡……？有事嗎？」

現出原形之後，貝倫說話的能力依然存在，不過要是對一個普通人來說的話，一頭狼口吐人言實在是有點怪異了。

「呃……嗯……有點……事……」最後的那個「事」字幾乎被微風的聲音壓過去了，他的腦袋低得幾乎與地面平齊。

現在不只有要套這位百年妖怪秘密的緊張，還有一點就是——在曬月亮的時候，妖怪們的「人性」最低，而「獸性」卻是最高的，一個不小心就有可能激怒到對方而被撕碎吃掉。

那麼為什麼偏偏要在這時候來接近貝倫呢？

就是因為「獸性」達到最高點時，對周圍的警戒便只剩下了對生命危機的直覺。也就是說，現在的貝倫可以探知周圍空氣中隱伏的殺氣，只要樓厲凡有對牠不利的行動，牠可以比平時更快的知道並且做出反應；但是對於樓厲凡要探得牠口風的事情，牠是不會像平時那麼敏感的察覺到的。

「……過來坐在我身邊吧。」貝倫用頭點了點自己旁邊的位置。

樓厲凡猶豫了一下，走到牠指點的地方坐了下來。

先前貝倫現出原形的時候，樓厲凡一直都在較遠的地方看著牠，只知道牠身形巨大，直到坐到貝倫的身邊才發現，原來牠的原形竟有兩公尺多長，光是那狼頭就有他自己腦袋的三倍大，身後蓬鬆的尾巴雖然現在服服貼貼的盤著，但看得出只要它動一下，他的骨頭就能被拍到碎得收不起來。

這些都可以說是因為貝倫巨大的身形而導致的壓迫感，但那不是讓樓厲凡心驚的真正原因。貝倫畢竟是狼，那個壯碩的身體似乎隨時都有獸性的味道散發出來，只是坐得近了一點而已，樓厲凡就從自己的心底感覺到了絲絲縷縷滲透出來的恐懼。

很可怕，這個人真的很可怕。貝倫根本不需要移動自己身體的任何部分，就可以把他拍成肉泥！

別說再加上一個樓厲凡，就算有十個樓厲凡，恐怕也不是貝倫的對手。

現在他很懷疑，即使他們找到了那張賣身契也逃不出去，這個人……絕對不是他們以前想的那麼好對付。

「到底是什麼事？」

離近一點仔細聽的話，貝倫的聲音也和人形時不太一樣，雖然聲線沒有太大的變化，但是在「狼」的狀態下，牠的聲音更低沉也更沙啞一點。

「我……呃，我是想說，貝倫理事長好像知道得很多啊……」話一出口，樓厲凡就想給自己兩個耳光。貝倫本來就活得很久，五百多年不是白活的，要是到了這把年紀還知道得不夠多的話，不如撞死去好了。

可是除了這句話之外，他實在不知道該用怎樣的藉口開始探測，白天一整天他都和霈林海在討論這個為難得要死的問題，結果——沒有結果。

「啊，是啊。」

貝倫的聲音好像在笑，不過由於現在是狼，樓厲凡也看不出來牠是不是真的在笑。

「活得太久了，有很多不想知道的事情也知道了。」

——果然……

樓厲凡本想問「比如說？」，但是這樣話題進展太快了，就算貝倫現在是獸性占上風，也可能會警覺到他真正的目的。所以現在他沒話好接，兩人之間陷入了短暫的沉默。

這個話題不行，樓厲凡決定再挑起另外的話題。

「那個，其實最近我一直在注意理事長，您很少離開學校，不過每天晚上這時候您都會跑到樹林裡去，是有什麼事嗎？」

白狼的眼睛微微的斜了一下，樓厲凡覺得牠是在做出促狹的表情，但是沒辦法確定。

「妳真的想知道？」

「啊？」有種奇怪的感覺……好像又問了不該問的問題……

「其實……」白狼看了看天，「妳沒發現這幾天是滿月前後？」

「哦……的確是啊。」樓厲凡看看天空，這才驚訝的發現月亮正圓圓的掛在黑色的夜幕上。最近他們只顧著盯貝倫、收集情報、偷東西……卻從來沒有注意到月亮的圓缺，要不是貝倫提醒，他可能連最近晚上為什麼會這麼亮也想不到。

「在裉丁，月亮最圓的時候就是在這幾天，而狼的發情期……」白狼斜眼看著樓厲凡。

這次樓厲凡可以感覺得到，牠是真的在做出促狹的表情了。

「我的發情期，恰好也是在這期間。」

樓厲凡再一次確定自己絕對不是誘供的人才，他捂住眼睛，在心裡瞬間罵了自己一千遍白痴。他之所以到樹林裡的原因不用問了，樓厲凡再一次丟掉了可以挑起話頭的引子。

然而他沒想到的是，貝倫卻意外的解救了他們這次的談話。

「不過，我到那邊去並不是因為這個原因，而是有其他的事。」白狼說。

「其他的事？」

「我去見一個人……很多年以前就認識的人。」

「嗯……是朋友？那今晚不去嗎？」不過，就算是朋友也太奇怪了吧？在發情期去找人家……樓厲凡的背上冒出了冷汗，因為他忽然想起自己也是在牠發情期的時候來找牠的……現在自己又是女孩子的外表……這……這……

霈林海遠遠的用手勢在為他加油打氣，但樓厲凡現在更想做的是把他抓過來代替自己坐在這裡，完成那個簡直不可能完成的任務。

「對，因為最近的事情比較多，我們必須交換一些意見。不過今晚我不太想去。」

——怎樣都好……可是你們為什麼不在白天光明正大的見面……

「對了！」樓厲凡忽然想到一個搜集來的情報，現在正是利用它的時候，「我聽慕絲花妖說，您和那個世界有名的變態學院校長拜特——是朋友？」

「拜特」二字鑽入耳中，白狼的眼裡瞬間劃過了一道幾乎會讓人漏看的凌厲光芒。

「朋友？如果認識他也算朋友的話！」白狼說這話的時候很沒好氣，「那種變態，我恨不得這輩子都沒認識過他！」

「呃……他……惹到您了嗎？」樓厲凡小心的問道。

白狼抬頭看了看天，又轉回來看他，「妳好像對拜特的事情很感興趣？」

樓厲凡的心臟險些停止了跳動，「那個沒……沒沒沒有！我只是……只是……」

「我知道。」白狼呵呵笑了兩聲，「我要把那傢伙連同他的學院一起拍賣的消息已經傳遍世界了吧？妳也會覺得很奇怪嗎？我幹嘛要做這種事？」

樓厲凡猶豫一下，點了點頭。

「因為那傢伙實在很過分，年紀一大把了還裝年輕，當初在幻化妖學院的時候我還以為他和我同歲，對他的能力佩服得五體投地……可是沒想到他那時候就已經創立了拜特學院。而且，他正是我以前一直崇拜的人……」

「崇拜？佩服？」無法想像啊！像拜特那種變態，居然也有人會崇拜？有人會佩服？真是世界第二大奇蹟……

嗯？第一大奇蹟是什麼？當然就是那傢伙變態的程度了！

貝倫又把腦袋放到了爪子上，慢慢的說：「我不知道他的年紀，不過他在一千年前就寫出了《論吸血鬼的起源》這樣的巨著，一千年來再版五百多次，直到現在那本書還被當作工具書使用。我第一次看到那本書的時候簡直佩服得五體投地，我以為我看到了一個天才，一個不落俗世的天才……」

如果那本書真的是拜特寫的話，樓厲凡也會認為他是天才，不過前提是必須把那傢伙變態的行為和「天才」這一認知區分開來才行。

「在幻化妖學院裡，我在見到他的時候就知道了他的名字，但是由於他這個人真的很不正常，所以完全沒有想到他就是那個天才，只是覺得他真的很厲害，居然會那麼多作為初級妖怪的我們不知道的事情……」

正因為如此，希望越大，失望也就越大，等他知道這個變態就是那個他一直崇拜的人的時候，幻想破滅……樓厲凡覺得自己可以聽得到他可憐的玻璃心碎掉的聲音。

「可是畢業之後我們就很少見到面了，我心裡的怨氣也沒辦法發洩，直到這次的會議上見到他，忍不住就出手收拾他一頓。不過讓我驚訝的是，他居然那麼簡單就上了我的圈套，他自己大概也沒想到，所以他愣在那裡的樣子看起來真的很可憐。直到簽了那張契約之後他才想起來要嚎啕大哭，不過，已經晚了。」

樓厲凡幾乎不能信任變態學院的人，所以之前專門與姐姐們還有父母聯絡了一下，他們那邊的回應和海深藍說的一樣，那變態是真的把自己賣了，而且是在簽完賣身契之後才想起來抱著他債主的腿哭……

「哈哈哈……」樓厲凡乾笑，「那他還真是笨吶……」

貝倫輕描淡寫的笑，「沒錯。不過那傢伙畢竟還有點腦子，知道找人來偷那張契約。」

樓厲凡的心臟當即罷工，「那……那那那那……」他很想說我不是來偷的……不過那樣的話就等於是「隔壁王二不曾偷」了。

「可惜……」貝倫沒有發現他的異常，繼續往下說道：「暫時我還沒發現學院裡有哪個學生或者老師是他派來的，要是被我發現的話……」

——發現的話會怎樣？砍殺？剝皮？還是……完全不敢想像……

「哈、哈哈……哈哈哈……」樓厲凡的心臟雖然恢復了運作，然而聲音依然僵硬得無法放鬆，「理事長您那麼聰明，一定把那麼重要的東西藏在一個秘密的地方吧？就算是那個變態自己親自來偷也偷不走吧？所以沒關係吧，哈哈哈……」

貝倫也跟著他的聲音笑：「是啊，我把那張契約就掛在脖子上。」

世界忽然一片安靜。

許久以後，樓厲凡的喉嚨裡才發出了一點聲音：「……啊？」

貝倫稍微抬起一隻前爪，讓他看見始終掛在牠脖子上的那個吊飾，「我把它用空間融合的方法融合在這個吊飾裡，始終不離身，如同妳說的，就算是他親自來偷，也是偷不走。」

樓厲凡，男，二十歲，今生今世，頭一次知道「絕望」二字怎麼寫……

「不、不過那個賣身契什麼的……您一定是開玩笑的吧？」樓厲凡笑得有些勉強，「不管怎樣，買賣人口都是犯法的……」

「他不是『人』口。」

「……那個……買賣妖怪也……」

「他也不是妖怪。」

不是妖怪？！難道……「他是魔物？！」

「他也不是魔物。」

「……？！」不是人、不是妖怪、也不是魔物，那他是什麼？！

「呵呵……其實啊，他是……」

一個黑黑的東西忽然俯衝下來，咚的一聲砸到了貝倫的腦袋上。那聲音非常響，響得讓樓厲凡以為牠的腦袋會被砸出裂縫來。

那「東西」似乎也被這撞擊撞得暈頭轉向，然而「它」卻令人意外的狂笑了起來：「哇哈哈哈哈……貝倫你這個蠢材！頭暈不暈？哈哈哈哈……我的頭好暈吶……」

是幻覺嗎？樓厲凡覺得自己看見了貝倫腦袋上暴起的條條青筋。

貝倫慢慢的站起來，一雙灰藍色的狼眼泛出了濃重的殺機，那種可怕的壓迫感讓不在牠目光範圍之內的樓厲凡也不由自主的開始打顫。

「該——死——的——吸——血——蝙——蝠——」貝倫咬牙切齒的聲音陰沉而恐怖，妖氣圍繞在他的全身，泛出淡淡的黑色。

一般妖氣和靈氣都是肉眼不可見的，除非使用了什麼特殊的方法讓它具現化，不過若是能讓「氣」達到某個界限以上的話，就不會有這種限制了，只要「氣」的擁有者想，便隨時可以讓自己的「氣」可見或不可見。

「我要……殺了你啊——！」

貝倫向那隻一邊撲搧翅膀、一邊得意忘形狂笑著的蝙蝠猛衝過去，後爪著力之處的地皮全部被翻了過來。

他衝去的方向正是懸崖，樓厲凡不禁啊了一聲。然而，貝倫畢竟是貝倫，不可能那麼輕易就掉下去，當踏上懸崖之外的懸空處時，牠像是踏到了透明的玻璃上一樣，如履平地般繼續向那隻慌張逃竄的蝙蝠追去。

「看我殺了你！」

「呀哈哈哈……抓不到抓不到～～」

「等抓到你看我不抽了你的筋！扒了你的皮！把你的翅膀折下來烤了吃——」

「啦啦啦啦～～」

「有膽別跑！」

樓厲凡目瞪口呆的看著貝倫追去的方向，一時不能接受平時看起來那麼自制、那麼冷靜的貝倫會做出這麼像小孩的行為來。

等貝倫追得遠了，霈林海從藏身之處跑到了樓厲凡的身邊，急匆匆的問：「怎樣？有沒有問出來？他到底把東西藏到哪裡了？」

樓厲凡僵硬的指著自己的脖子，霈林海莫名其妙的摸向對方的脖子。

「沒東西啊？」

「混蛋！」樓厲凡一拳打青了他一個眼眶，「誰讓你摸我的脖子！我是說他把東西藏在他脖子上掛的吊飾裡啊！」

霈林海當即維持著單膝跪地的姿勢變成了化石。

「完蛋了……這輩子恐怕都得以妖的身分活下去了……」樓厲凡抱住頭，痛苦的揪自己的頭髮，「居然在他的脖子上……就算是那個變態自己來偷，恐怕也偷不走啊！居然把這麼棘手的事情全部交給我們！該死的！該死的該死的該死的！」

他抬起頭來，霈林海依然處於僵硬的狀態中，他踢了霈林海一腳，「喂！活過來一下！別給我就這麼死了！」

「我們……怎麼辦啊——」霈林海大哭起來，「我不想以妖的身分活下去啊～～那樣太辛苦了啊～～我不要啊～～」

樓厲凡把他另一個眼眶也打青了，「不要在那裡哭喪！我還沒完全放棄呢！」

霈林海擦擦沒哭出幾滴的眼淚，滿懷希望的看著樓厲凡，「那……你有什麼辦法嗎？」

「沒有。」

霈林海又趴在地上哭起來，「那不就完蛋了嗎！我不要啊～～」

樓厲凡不耐煩了，從地上撿起一塊石頭咚的一聲砸在了霈林海的後腦杓上，「我說不要哭了！你哭我也想不出來用什麼辦法啊！」

「那怎麼辦……」沮喪……沮喪……為什麼當時學會了質性轉換的只有他們兩個……退一步講，如果他們學得沒有那麼快該有多好……

「……再和學校商量一下吧。」

※◆◇◆◇◆◇◆※

又是那座可憐的小電話亭，雖然跟系統報了故障維修，可這裡太偏遠了，修理的人要等幾天才能來，所以現在那個可憐的螢幕還破破爛爛的在旁邊擺著——當然，不能用了。

「在他脖子上？」

說出這句話之後，海深藍沉寂了很久，然後才猶猶豫豫的繼續道：「那……你們有辦法取下來嗎？」

「要是有的話就不用向你們求救了！」

「唉……」海深藍連嘆息聽起來都異常無力，「我告訴你們哦，我也沒辦法……」

「什麼？！」

「所以……拜託你們自己想想辦法吧，只要把東西拿回來你們的戶籍就可以恢復了。」

「連你們都沒辦法我們能有什麼辦法！」樓厲凡吼得聲嘶力竭，「我不要再繼續做了！有本事你們自己再派人來！我不幹了不幹了！可惡！我是學生！我可是你們的學生！你們這群不負責任的混蛋——」

「啪。」

「？」樓厲凡看看手中沒了半點聲音的通話器，然後又看看電話線，「啊，斷了……」

由於太過激動，電話線被他硬生生從接合點拔了下來。

「斷了……」

樓厲凡看看霈林海，霈林海看看樓厲凡，兩個人露出了比哭還難看的笑容。

「是啊……」

「另外的電話亭好像在一百多公里以外……」

「哈哈……哈哈哈哈……」

兩個人蹲在那裡，已經連動都不想再動一下了。

不如這輩子就當妖怪好了——這就是他們兩個現在的想法。

這種不可能完成的任務為什麼會跑到他們頭上呢？為什麼他們要被迫做這種事呢？為什麼他們連拒絕都不被允許呢……

「好想哭……」

「我還想哭呢……」

再哭也沒用，雖然有很極端的想法，但他們內心並不想這麼莫名其妙的就變成妖，所以還是得繼續想辦法。

有句話叫急中生智，還有句話叫做狗急了跳牆，不管是智慧還是跳牆，總之兩人在被逼到了絕境的時候，智慧女神終於向他們掀開了裙子的一角……

在昏暗的房間裡，兩人的低氣壓比黑暗更黑暗。

筆尖從被畫得一塌糊塗的紙上慢慢離開，一對可憐人聲音沉悶道：「……總之，就這幾種作戰方法……要是沒用的話……那就……」那就認命吧……

作戰方法一：貝倫總要洗澡的，他洗澡的時候總不能也戴著那個吊飾吧？只要等他把東西取下來，就放出霈林海的貓把吊飾叼過來——霈林海的貓？沒錯，就是那五隻看起來非常沒用的式神貓。

結果：貝倫洗澡的地方在學校附近的一座湖中，可惜他洗澡的時候是連衣服都不脫的……因為他每次都回復原形跳進去洗……

作戰方法二：把髒東西潑到他那個吊飾上，他肯定要拿下來洗，到時候他們搶去洗，趁機直接逃走就行了。

結果：霈林海一整碗湯全部倒到了貝倫的胸前，食堂裡所有的人——包括樓厲凡和霈林海，以及貝倫，全都愣住了。貝倫是因為霈林海居然會在那麼平坦的地面上「絆倒」，而且絆倒的動作那麼笨而愣住；樓厲凡和霈林海則是因為那碗湯居然控制不住的全部潑上去，而且那麼燙……雖然貝倫允許自告奮勇的他們為他洗衣服和清洗吊飾，可惜在他們清洗的時候，他一直在他們旁邊講述自己年輕的時候動作如何敏捷，一分鐘抓一隻兔子不在話下等等等等，讓他們連逃跑的機會都沒有。

作戰方法三：由樓厲凡裝作很害怕的樣子撲到他懷裡，然後在最快的時間之內用霈林海以具象現的「複製」能力做出的吊飾贗品與真品進行交換。

結果：首先是提出這個方法的霈林海被海扁了一頓，雖然最後樓厲凡採納了意見，可惜他在撲進貝倫懷裡之後才發現那個吊飾是被一條銀鏈以很奇怪的方式纏繞住的，屬於咒符的一種，他根本沒那麼大的本事在瞬間解開然後交換。所以回來之後，臉紅得滴血的樓厲凡把霈林海按倒在地，再次海扁了一頓。

作戰方法四：……

作戰方法五……

作戰方法六……

「我受不了了！你和我一起去死吧！我不幹了！」樓厲凡掐住可憐的霈林海的脖子前後猛晃，也不管他是不是真的會斷氣，「這種事絕不可能成功的！絕對絕對絕對！不可能成功的！難道我說得不對嗎！霈林海！」

霈林海翻著白眼，喉嚨裡發出斷斷續續的喀喀聲，那當然不是在附和他，而是在求救。

作戰方法全部失敗，既然如此，就只有用最後一種方法——破釜沉舟了！

那真的是絕對破釜沉舟的辦法，將東西弄到手以後他們必須立刻逃走，就算遲零點一秒也會有殺身大禍。所以他們用那可憐的小電話亭中唯一倖存的一部老式傳真機和學校那邊聯繫，很快學校那邊就在他們指定的地方送去了一架次光速飛行器。

※◆◇◆◇◆◇◆※

第二天就是拍賣會了，那天晚上將是最後的機會。一整天裡，霈林海緊張得連別人問他姓名他都會答錯，而樓厲凡更緊張得連路都快不會走了，一天中八成的時間都在同手同腳的走著。

天還沒有黑，太陽還在遙遠的地平線上散發著橘紅色的光，霈林海已經依照計畫躲在懸崖旁的樹叢中，樓厲凡躲在另一邊的樹叢裡，緊緊盯著貝倫每天晚上都會出現的那個地方。

等待的時間總是很漫長，太陽好像永遠都在地平線的那個地方掙扎，說什麼也不下去。等到月亮好不容易升起來，手錶上的指針卻又慢得讓人難受，恨不得直接把它撥到十二點。

兩個人死死盯著那個地方，那裡幾乎都快被他們盯得冒出火來。眼睛都痠了，卻還是不敢鬆懈，雖然知道還有很長的時間，但是重要的時機只有一次，所以他們必須珍惜那一次的機會，然後——一擊即中！

漫長得好像幾年的時間，指針終於走到了十一點五十八分的位置，當他們再次確認自己的氣息已經完全沉靜下來，和自己身邊的植物融為一體之後，貝倫穿著長袍的身影飄然的出現在兩人的視線中。

——來了！

兩人心裡同時喊出這句話。

霈林海的手放到了飛行器的控制臺上，手指尖微微的顫抖。樓厲凡一隻手緊緊抓住自己的裙襬，被他抓住的地方全部變得濕漉漉的；他額頭上的汗珠慢慢的滑到了領子裡，但是他感覺不到癢或者其他的感受，他的眼睛裡只有腳不沾地飄向懸崖的貝倫。

貝倫走到了懸崖上，修長的體形優雅的站在那裡，然後慢慢的化作狼的外型。

「嗷嗚——」

一聲長長的狼嗥。在牠抬起頭高高的嗥叫時，就是樓厲凡的機會！

樓厲凡瞬間彈出，使用海深藍教授的妖力浮翔猛然衝向貝倫，貝倫感覺到自己身後驟然出現的氣息，牠驀地回頭，霈林海卻駕駛著飛行器恰到好處的從自己藏身的地方飛起，打開了飛行器上最強的燈光，貝倫在瞬間被強光照得睜不開眼睛。

早已將自己的眼睛用「護咒」保護起來的樓厲凡卻絲毫不受影響，在貝倫閉眼的一瞬間與牠交身而過。在錯身的一瞬間，他右手抓住吊飾，左手用匕首在銀鏈上一劃，銀鏈斷裂。

順著身體猛衝的姿態，樓厲凡向懸崖下掉落而去。

如果只是衝過去，那沒問題，樓厲凡很簡單就能用妖力浮翔繼續飛走。可是他還搶了那個吊飾，在使用有「裂咒」的匕首時，他因為不能確定多少力量才能將同樣有咒符的銀鏈劃斷，因此將大部分的妖力分配給了那個咒符，結果自己剩下的力量卻沒辦法支持他飛翔了。

不過他不用擔心，因為有人專門在那裡等著接住他。

「厲凡！」

飛行器在半空中巧妙的劃了一個半圓，在懸崖下幾十公尺處恰好接住他。然而比較不理想的是，他是頭下腳上的摔下來，所以他先是撞上沒有頂棚的飛行器邊緣，然後又一頭插進了座位下面。飛行器一刻也不敢多做停留，在懸崖下劃出一個很大的半圓，掉頭向後方沒命的逃去。

「好痛……」樓厲凡死命掙扎才調正自己的位置，擺脫了頭下腳上的狼狽姿勢。

「你沒事吧？」

「沒事。」只要沒被抓住，怎樣都沒事。

身後傳來了貝倫妖力全開的極大怒氣，兩人連頭都不敢回，飛行器馬力全開，順著預設好的軌跡向拜特學院的方向飛逃。

「你們兩個……！」身後遠遠的傳來貝倫怒氣勃發的聲音，「所有零度妖學院的學生聽著！全力追擊前面那艘飛行器！只要能追回來，隨便你們怎麼吃掉他們都沒關係！」

啊……啊啊啊啊……這次真的是死定了！兩人一邊嘩嘩的流著眼淚痛恨飛行器為什麼不是光速的，一邊思考該如何才能擺脫身後那批追來的妖怪們。

雖然不想看，但霈林海還是回頭看了一眼——險些暈過去。貝倫似乎是在一瞬間就集中了全校的人吧！看身後滿天都是現出原形的妖怪的情景，霈林海可以肯定，這將會是他一生中最可怕的噩夢。

「厲凡……牠們馬上就要追上來了……怎麼辦……」

樓厲凡也向後看了一眼，只那一眼就讓他很想立刻昏過去，不過霈林海昏過去可以，他要是也這樣的話，他們今天晚上就真的得死在這裡了。

他努力的讓自己冷靜下來，仔細分析一下現在的形勢。在最前方飛馳的是貝倫，在牠身邊緊跟的是校長愛爾蘭，能跟得上他們速度的其他妖怪並不多，大部分都是老師。

這是樓厲凡之前就想到的，他們畢竟是使用妖力的新手，妖力浮翔在瞬間使用還行，但若是用來逃走的話，那是絕對無法逃脫身後那些追擊的妖怪——別說貝倫和愛爾蘭，他們就連後面最低階的那些妖怪學生也比不過，誰讓他們是「人」呢！所以他才會向學校要來這架飛行器代步。

現在看來，雖然後面追擊的妖怪相當多，但大部分都不構成威脅，最主要的威脅應該是來自於貝倫、愛爾蘭和緊跟在牠們後面的十幾位妖怪老師——

可！是！能追上來的全都是最可怕的！被那群妖怪老師追上，比後面那些追不上他們的學生更可怕一百倍！

「霈林海——」樓厲凡盡量讓自己的聲音聽起來很冷靜，「恢復靈力狀態，把飛行器設定成自動航行，我現在要使用魔女的詛咒！」

「啊！」霈林海一聲慘叫。魔女的詛咒！在對式神鬼王使用了一次以後，霈林海整整頭痛了一個星期，而且那一個星期他都沒睡好覺，他真恨不得一輩子再也用不到這個天殺的辦法才好，想不到這時候就……

「要被牠們殺還是被我殺，你選擇一樣吧。」樓厲凡斜眼看著他，眼睛裡充滿了可怕的殺氣。

霈林海決定還是不要觸怒他，委委屈屈的將航行軌道設定好，然後按下一個按鈕，兩人的椅子自動向後旋轉，讓他們正好面對身後追來的人……呃，妖。

「質性轉換！」

電光閃過，兩人的妖力轉換回了靈力狀態。霈林海右手啟掌，左手捏訣，按壓在樓厲凡的背上。樓厲凡雙手的拇指和食指套成一個菱形環，正對著身後追來的人。

「你們兩個——」不知道是不是怒到極點了，貝倫的聲音聽起來冷酷得彷彿降到了絕對零度，「馬上把吊飾還給我！否則我讓你們後悔莫及！」

樓厲凡搖了搖頭，對他喊道：「抱歉，理事長，我們必須把這個吊飾帶回去……」

化作山貓的愛爾蘭嘆息，雖然身在遠處，但牠清亮的聲音卻在他們耳邊響起，「想不到那個拜特真的有對他這麼忠心的學生……你們兩個難道就不怕被我們抓到會怎樣嗎？」

霈林海非常茫然的說：「忠心？誰對誰忠心？」

樓厲凡苦笑道：「怕！怎麼不怕？可是我們沒有辦法。」如果不這麼做的話，他們這輩子就沒辦法在戶籍上成為「人」了，「所以……以後我們會向各位請罪的！抱歉了！」

霈林海全身的力量都從手中向樓厲凡源源不絕的湧去，樓厲凡將能量在全身流轉一圈後集中在套成環狀的手上。他的手發出青藍色的強光，兩手之間形成的環中光芒更是熾烈。

「靈力重擊炮！」

一顆巨大的靈力光球嗖然向貝倫牠們飛去，貝倫和愛爾蘭沒有想到他們居然能夠製造出這麼巨大的攻擊方式，匆忙之中連躲避都無能為力，況且如果牠們躲避的話，靈力球會正好打中跟在牠們後面追上來的學院老師們，因此牠們只能在瞬間使出防禦罩壁，與樓厲凡和霈林海製造出的靈力球硬拚。

如果那只是樓厲凡製造出來的靈力重擊炮的話，威力是不足為懼的，因為他的能量不足。而如果由霈林海來做的話，他做不出樓厲凡這麼完美而準確的效果，因此樓厲凡才會使用魔女的詛咒，以他的經驗和霈林海的能力相結合，就算是貝倫和愛爾蘭，恐怕也無法毫髮無傷的將它接下來。

光球和防禦罩壁兩相撞擊，發出了一聲彷彿地動山搖的巨響，光圈在愛爾蘭和貝倫的周圍發出啪啦啪啦的炫目光彩，撞擊形成的衝擊波將後面追來的數名老師和能力低微的學生吹得四處亂飛，霈林海和樓厲凡的飛行器也被吹得搖搖擺擺幾乎墜落。不過很幸運，他們並不是像後面的妖一樣是迎向撞擊的衝擊波，而是順勢飛行，因此並沒有受到多大的傷害，他們很快就穩住了飛行器，順利的逃之夭夭。

撞擊爆炸過後，貝倫和愛爾蘭身上的毛都被炸得亂七八糟，兩人抖了抖身體，再去找樓厲凡他們的飛行器時，他們早已不知所蹤了。

「貝倫吶……」奇怪的是，愛爾蘭儘管被炸得這麼慘卻並不生氣，牠微笑的看著貝倫，說：「你輸了哦。」

貝倫伸長身體，對著月亮長長的嗥叫了一聲，「真是沒辦法……」他恢復了人形的模樣，狼狽的樣子和狼型時沒有太大的區別，「之前他們用的手段太愚蠢，我還以為他們肯定會不行。想不到他們居然能想出這種卑鄙無恥的主意來。」

「不管他們的手段是不是卑鄙無恥，總之他們贏了，你總不能不承認吧？」

「好了好了，我承認我輸了。拜特，你算是逃過了一劫啊，感謝你可愛的學生們吧。」

「哈哈……下次記得不要小看人類的學生哦。」

「愛爾蘭……」

「嗯？」

「妳真囉嗦……」

「哦呵呵呵呵……多謝誇獎。」

「……」

※◆◇◆◇◆◇◆※

凌晨四點，樓厲凡和霈林海身心疲憊的回到了拜特學院。

拜特和海深藍、帕烏麗娜知道他們今晚會回來，便一直在學校門口等著。

當見到自己「可愛的學生」把東西拿回來的時候，那個滿身黑布的變態哭著向走下飛行器的他們猛撲了過去，嚎道：「親愛的學生們啊～～我好愛你們啊～～」

樓厲凡一腳把他踢翻，腳跟在他的背上用力輾，額頭上帶著青筋向他微笑道：「這次執行任務的時候，我總覺得有什麼不對勁欸……校、長、大、人！您是不是有什麼事情瞞著我們呀？嗯？」

「哈哈哈哈……我拜特對兩位知無不言、言無不盡，怎麼可能瞞著你們什麼……」

「別的就算了……」霈林海蹲在他身邊，狠狠的盯著那個正在冷汗直冒的傢伙，「可是在追我們的時候，愛爾蘭校長說了一句很奇怪的話──『那個拜特**真的**有對他這麼忠心的學生』！您能不能跟我們解釋一下，這個『真的』是什麼意思？」

「哈哈哈哈那是她說的話和我有什麼關係我是無辜的哈哈哈哈……」

帕烏麗娜和海深藍同時開口：「愛爾蘭真的有這麼說？」

樓厲凡點頭。

海深藍慢慢的走過來，蹲在拜特的身邊用很柔和的聲音對他說：「對哦……這句話好奇怪哦，校長大人您是不是應該稍微解釋一下？嗯？」

「我……哈哈哈哈……」

帕烏麗娜走過來，什麼也沒說就將自己帶鋼針的厚底鞋踏到了那變態的後背上。

「哇呀——痛痛痛痛！帕烏麗娜親愛的！請妳放過我！我說！我說！」

「快說。」

帕烏麗娜的眼睛泛出冷光，瞳仁顯出了淡淡的白色。這說明她生氣了，而且是非常非常的生氣。

「可不可以先把腳拿開……」

放在他背上的腳又稍微擰轉了幾下。

「哇呀呀呀呀呀——我知道了我知道了！對不起！其實那天是這樣的！我簽完契約之後貝倫對我大肆嘲笑，說我身邊是絕對沒有願意為我拚命的人，我可愛的學生和可愛的同事們絕對會對我這個變態見死不救，否則的話我不會簽那種和學院一起拍賣的契約的！所以我在一怒之下和他打賭，我身邊絕對有愛我愛到骨頭裡的可愛學生為我解危，如果我的學生把東西搶出來的話那契約就無效了……」

「原來是這樣啊——」樓厲凡鬆開了自己的腳。

可是帕烏麗娜和他在一起的時間可長得很了，怎麼可能這麼簡單就被他騙？所以她又將另外一隻腳也踏了上去……

「哇——呀——我的媽呀——我說！我全說！其實是在簽約之前我們就有打這個賭！所有參加會議的學院負責人都有下注！所以全世界都知道我輸給貝倫，貝倫要把我賣掉了！不這樣的話你們不會幫我做這種事啊——哇～～」

他身邊的四個人保持了靜默。

十分鐘之後——

「扁他！」

「救命呀——」

「乒乓乒乓乒乓乒乓乒乓乒乓乒乓……」

※◆◇◆◇◆◇◆※

——馬上就要到聖誕節了呀，好熱鬧……

貝倫臥在懸崖上悠閒的想。

——到了過節的時候，需不需要去拜特那裡「拜訪」一下呢？或者……呵呵呵呵……讓妖學院和靈異學院來個聯歡？那一定很有趣吧……

月亮開始有了下弦的缺口，不過人（妖）的壞心眼是不會有缺口的，永遠……

※◆◇◆◇◆◇◆※

拜特先生雖然贏得了他在世界靈異教育研討大會上那個「世界賭約」，不過在他的學院這邊……他保持著木乃伊的樣子，又在保健室住了三個月。

※◆◇◆◇◆◇◆※

休整一天後，海深藍找到霈林海和樓厲凡，準備依照約定刪除他們關於質性轉換的記憶，並且詢問他們對於這次任務所希望的報酬。霈林海和樓厲凡提出了唯一的一個要求，那就是不要刪除他們關於質性轉換的記憶，海深藍遵守了她的諾言。

「不過啊，質性轉換可不是什麼好能力喲。」她笑著對他們說：「說不定以後會為你們帶來麻煩的。」

「我們知道。」他們兩人互相看了一眼，說道：「但是，畢竟多一個能力就多一個救命的籌碼，說不定哪一天會救了我們的命呢？」

「說得也是哦。」海深藍笑。

是的，他們總有一天會知道他們這次的選擇是對的，因為在未來，就是這個能力讓他們多次救了自己，以及他人的性命。

第5章

不會笑的天瑾

「這世界上沒人不會笑的。」

「這世界上有人不會笑才見鬼！」

可是現在這個世界……相信嗎？能夠見鬼的人的比例正逐年上升中，現在已經達到了百分之二十五點一七。

所以上面那句話就變成了假論。

也就是說，這個世界上真的有人不會微笑——笑肌壞死的人例外。這裡要講的只是「不會」微笑，能笑也笑不出來的人。

比如，一個名叫天瑾的女人。

※◆◇◆◇◆◇◆※

世界有名的變態學院——拜特學院。

在這所學院裡，每個學期都會有幾個課程讓人很頭大，而這個學期的「頭大課」名字叫做「弱項隱藏」。

因為在靈異戰鬥中，對方很有可能透過各種手段探知你的弱點，比如感應師、比如竊鬼之類，因此要隱藏自己的弱項是很重要的事情。別的學校也知道它的重要性，只是沒有辦法像拜特學院一樣開這種奇怪的課程。

所謂的弱項隱藏，不是指弱項克服，校長的理論是「弱項就是弱項，如果能克服的話就不是弱項了」，所以從來不鼓勵別人去克服，只要求學生學會隱藏。

可是就算是隱藏，也有一些事情是和克服沒什麼大區別的。就好像東明饕餮害怕殭屍一樣，如果他能在殭屍身邊還裝出不怕的樣子，基本上也就沒什麼大礙了。

天瑾的大致情況也是如此。

弱項隱藏課的老師是一位很自戀的中年人，最喜歡的事情就是一天換一件衣服，然後一上課或者在路上碰到學生就興高采烈的問人家他今天是不是很帥。不過他講課還算不錯，所以雖然很煩，但是不算太討厭。

「……所以說，弱點這東西是與生俱來的，因此我們不要求大家能克服，只要能隱藏就算合格……」

那個自戀狂梳著油光閃亮的油頭，西裝革履的站在講臺上講課，他身後的大螢幕上一張一張換放著講課用的資料。

馬上就是聖誕節了，外面飄著鵝毛大雪，教室裡被中央空調的暖氣薰得熱烘烘的，學生們都穿著T恤或者襯衫，習以為常的看著那位好像已經沒有熱感應器的老師。

「教室裡這麼熱，這個自戀狂為什麼一點都不出汗呢？」霈林海問樓厲凡。

「大概因為變態是沒有熱神經的吧。」樓厲凡自認沒有弱項，所以根本不想聽這堂課，這麼舒服的溫度，他只想趴在桌子上睡一會兒。

「那，變態有冷神經嗎？」霈林海繼續問著無聊的問題。

「大概也沒有吧。」

現在每天晚上外面的溫度是攝氏零下七到八度，那傢伙居然還是每天穿這一身衣服在外面閒逛，定時抓住一個路遇的美女呵呵的笑著問人家他長得帥不帥……

要是幸運遇見的是能力不如他的，最多尖叫一聲變態然後逃走，要是不幸遇見了比他能力還強的……對不起，在這所學院裡的學生是絕對不會客氣的，先揍他一頓再說！

霈林海無聊的左右看看，發現天瑾居然陰森森的瞪著電子螢幕發呆，他盯了她五分鐘，她居然連眼珠子都沒有轉過。這還是從來沒有過的情況，雖然她性格的確很陰沉，但還算是個好學生，認真聽講的程度在全學院來說都是數一數二的。

「厲凡、厲凡。」他戳戳快睡著的樓厲凡，「你看天瑾在幹什麼？」

樓厲凡把快黏在一起的眼睛勉強睜開一條縫看向天瑾，「嗯……她上課很認真啊。」

「你再仔細看看啊！她這樣子哪裡是認真上課了！」霈林海很想使勁捏一下樓厲凡的大腿讓他的神智清醒一下，不過他不敢，只敢抓住他的手臂左右搖晃，「別睡了！快仔細看看！她這樣子可是百年難遇的！」

「別晃了……」

「厲凡！」

「別晃了……」

「厲凡！」

「別晃……」

「厲凡——」

樓厲凡被他晃得頭都昏了，氣急敗壞的一巴掌拍過去，「晃晃晃！我讓你晃！別人要睡覺你看不見嗎！蠢材！」

教室裡剎那一片寂靜，那位可憐的老師站在講臺上氣得把鐳射筆掰成了三段。

「你們……就是這麼認真聽講的嗎……」老師的聲音悲憤不已，說了這麼一句話之後，猛然面向電子螢幕跪在了地上，「天啊！難道這就是『天妒紅顏』！因為我這麼英俊，這麼瀟灑！這群學生就如此嫉妒我！天啊！為什麼這麼不公平！難道說只要有了完美的容貌，就一定要受到人類的排擠嗎！天啊……」

樓厲凡的臉和其他所有學生一樣，開始不停的抽搐，「這下好了……他又會發表演說直到下課了……到底是哪個變態讓他來上這種課的啊！」

霈林海的臉色也沒好到哪裡去，乾乾的笑道：「這個……不過其實他算不錯，每次進行自戀演說之前至少一定會把課講完。」

樓厲凡氣得一句話也不想多說，不過當他視線轉向剛才霈林海讓他看的地方時，也微微露出了驚訝的表情，「哦……你剛才就是讓我看她嗎？果然是很難見到的情況吶。」

從剛才開始天瑾的眼睛就一直在盯著一個點，現在仍然盯在那個點上，連一點點微小的變化都沒有。這別說是天瑾，就算是個正常人，發生這種情況也是相當不尋常的。

「她怎麼了？」

「是失戀吧？」

「她有可能愛上人類嗎？」

「……」

無法想像那種情形，兩人決定放棄這個想法。

「那她是不是受了什麼重大的打擊？」

「有誰有本事打擊到她？」

「……」

完全無解的問題。

好奇歸好奇，但正常人誰也不會因為這點事情就去問天瑾本人。樓厲凡和霈林海自認為不是「非正常」那邊，但也不想多管閒事，下課的鐘聲一響，便把那個還在自憐自哀的變態晾在講臺上，跟著大家一起出了教室。

「據說還要考試呀。」

「這種課怎麼考試？」

「不知道。」

每個人的弱項都不同，考試要怎麼安排才好？難道要由感應專科的教師一個一個感應出大家的弱項，然後一個一個進行針對性的考核不成？

「如果要一個一個查找弱項，這可是很沒有職業道德的事情。」

只要教師能查找出弱項，那麼其他人必然可以透過各種途徑知道這一點。這等於是感應專科的教師們把自己的學生全部曝光在太陽底下，讓敵手來追殺。現在或許沒什麼重要性，可是以後說不定在什麼時候就會成為殺人的間接利器。

「不過也說不定，這個學校的變態們要是無聊到了一定程度的話，沒準兒會這麼做。」

兩個人有一句沒一句的搭著無聊的話，正準備走下那長得讓人恨不得去死的樓梯，身後忽然傳來了一聲陰森森的呼喚：「樓厲凡，霈林海……」

那種聲音比起厲鬼索命差不了多少，不幸的是又從霈林海的正後方發出來，可憐的霈林海僅僅來得及慘叫一聲就一腳踩空，帶著磅磅噹噹的聲音翻滾下去。

更不幸的是，他們原本緩慢的走在所有人的後面，這會兒同學們都離他們很遠很遠，那種螺旋狀的樓梯又連可以遮擋的東西都沒有，上頭的兩人只聽見霈林海悠遠的慘叫聲不斷傳來，不僅沒辦法去救，而且看來一時半會兒也停不下來的樣子。

樓厲凡回頭看著彷彿從地底下冒出來的女人，皺眉道：「天瑾，妳什麼時候才能記住不要從別人身後忽然出來嚇人？要是有人被妳嚇死怎麼辦？」

「不會的……」

天瑾身邊陰沉的氣息好像更嚴重了，空氣都發出了濃霧樣的黑色。樓厲凡曾經被姐姐們以特訓為名硬弄了一百多個冤魂附身，也沒像她現在這麼可怕的模樣，當初五歲的他最多只是被怨氣壓得走不動路而已。

不過，她這種模樣很明顯不是厲鬼附身，而是正被什麼心情壓得沮喪至極。因為樓厲凡在她身上看不見不屬於她的靈鬼波動，只有她本人的負面波動在增強——如果她現在死掉的話，變成厲鬼之王絕對是很輕鬆的事情。

「妳怎麼了？不舒服嗎？」這麼重的怨氣……果然是失戀了嗎？

「我知道你在想什麼……」天瑾的眼睛幽幽的掃過樓厲凡，那種好像被蛇舔拭了幾下的感覺讓樓厲凡的手臂上出現了無數雞皮疙瘩，「我是不會為那種小事情就變成這樣的……」

她的遙感能力的確……

「咳咳。」樓厲凡尷尬的咳嗽了一下，「那妳有事嗎？」

「我有事，想求你和霈林海……」

弱項隱藏課的教室在三十八樓，樓厲凡和天瑾一直走到十二樓才找到了被摔得半死不活的霈林海。

「還活著嗎？」樓厲凡踢著斜躺在樓梯上做屍體狀的霈林海，「死了的話也吭一聲。」

「還沒……」

不過聽起來氣息奄奄，離死不遠了。

「沒死就快起來，不然現在就踩死你！」這麼不經嚇，到時候怎麼勝任靈異師的工作？

霈林海捧著被摔得鼻青臉腫的腦袋，顫巍巍的剛站起來，就發現緊跟在樓厲凡身後那個陰森森的天瑾，他從嗓子眼裡小小的擠出一聲驚呼，又向後倒去。他的身後是樓梯，這次再摔一下就得去校醫室了，樓厲凡可沒時間送他去那裡，手一伸，揪住他的衣領往後一扯，霈林海踉蹌了幾步，好不容易才站穩了身形。

「我們得幫天瑾做點事情，所以在這件事做完之前，你最好適應一下她。」

「事情？」

「很重要的事情。」

※◆◇◆◇◆◇◆※

黑漆漆的房間裡，一燈如豆，映照著昏黃的四壁。各種奇形怪狀的生物和不知名的怪異物品在顫然欲滅的燈火下，於看不出上面貼了什麼的牆壁上印出張牙舞爪的恐怖形狀……

不過請打住！這裡不是鬼屋也不是咒屋，只是天瑾小姐的房間而已。

樓厲凡和霈林海打從進來開始，就被房間內一種不知名的氣息壓得渾身不舒服，好像這裡有什麼東西把全身都裹住，綳得人喘不過氣來。

天瑾的房間大概終年都不會洩漏進來一點陽光，所以窗戶上掛著十二層厚重的窗簾，地板上鋪著十二層地毯，連牆壁上都有十二層毛製壁掛，進來之後把門關上，外面的聲音就被完全隔絕了。

可是即使有這麼多東西，而且按理說這裡也是在中央空調的範圍之內，這個房間裡還是讓人有種森冷的感覺。這地方沒有鬼、沒有陰氣、沒有厲氣、沒有冷氣……卻居然還能這麼冷，簡直是不可想像。

樓厲凡在柔軟的地毯上正襟危坐，他面前矮桌的對端，是被那盞燈火渲染得鬼氣森森的天瑾的臉。霈林海剛才是坐在他身邊的，但是現在已經不動聲色的蹭到他身後躲著了。

「妳剛才說，有事『求』我們？」樓厲凡問，「有什麼事居然能難得住妳嗎？」

這不是反諷，而是確切的疑問。

「這次的弱點……」

「嗯？」她的聲音就好像鬼快消失的時候一樣，細微得幾不可聞。他樓厲凡可不是耳聽專家，這麼輕的聲音他才聽不清楚。

「這次的弱項隱藏課……」天瑾的聲音終於大了一點，「我……恐怕會很麻煩……」

樓厲凡不太理解她這句話，「什麼會很麻煩？難道說妳還有弱點？」

「我又不是神仙……有弱點很稀奇嗎？」天瑾翻了一下眼睛。

這個本來在別人臉上會顯得很美的神情，在她的臉上卻顯得眼白多、眼仁少，霈林海不湊巧的看見了那雙眼睛，背後嗖的竄起了一絲涼氣。

「妳是要我們幫妳克服……不，隱藏？」

「這種缺點，所謂的隱藏和克服其實沒有什麼區別了。」天瑾幽幽一聲長嘆。

霈林海已經手足冰涼的身體往樓厲凡身邊又靠了靠。

「……？」

「我……不會笑。」

「……」

「……」

「……」

房間裡的寂靜持續了足足五分鐘。

「抱歉，我沒有聽清楚，妳剛才說什麼？」樓厲凡眉頭皺著，表情很困惑。

「我，不會笑。」

又是五分鐘的寂靜。

樓厲凡回頭問霈林海：「喂，你聽清楚她剛才說什麼了嗎？」

霈林海小心翼翼的回答：「她說……她不會笑……」

樓厲凡的表情比以前任何一次都要嚴肅，「可是我記得上次靈力格鬥課的時候因為你這個該死的蠢材扯了我的後腿害我不得不和她對陣因為她是女人我是男人我根本不敢用力讓她成了那次實習的第一名她當時笑得比誰都開心難道你都不記得了？」

完全沒有標點符號的整句話被他一口氣唸出來，連霈林海的肺也似乎痛了起來。

他們當時的靈力格鬥課是兩人一組，只有天瑾是一人一組，而規定則是如果哪一組率先被刷掉一個，那麼該組剩下的那個人就會被分配與天瑾進行二次格鬥。

而格鬥的結果，其實是樓厲凡不小心絆了她一下，然後天瑾就陰沉沉的坐在那裡開始泫然欲泣，於是所有人都開始對樓厲凡這個一點也不憐香惜玉的遲鈍男人進行嚴厲攻擊，樓厲凡就在閃神時被天瑾攻擊——然後他敗了。

這才是他不爽的原因。

天瑾靜默了一下，猛地抓住那張矮桌的兩條腿就要向樓厲凡砸過去。

霈林海險些要昏過去，慌忙跳起來抓住矮桌的另外兩條腿，在空中與她互相角力對峙。

那一盞燈火依然在矮桌上忽明忽暗，既沒被甩落，也沒有滅掉的意思。

「你放開。」她對霈林海說了這麼一句，然後低頭對樓厲凡道：「你不要因為輸給了我就這麼小心眼，這樣還算男人嗎？」

「如果被我絆倒一下就跪在那裡哭害得我被周圍的閒雜人等群起而攻之也算光明正大的話我當然沒話說。」他又是一口氣不帶標點符號的說完。

「你起來，我一定要砸死你……」

「厲凡！你少說兩句吧！」

「少囉嗦！不說就算了，一說起來我就心情不爽！」樓厲凡霍地站起。

「你欠揍……」

「請妳一定要冷靜！冷靜！」

「你就讓她來砸死我，我今天倒要看看到底她是第一還是我是第一！」

「那我就不客氣了。霈林海，你快給我讓開……」

「不要啊！」

「妳來打死我看看！」

「殺了你……」

「別說了！」

「來啊！」

兩端用力越來越重，完全沒人注意中間那承受著雙方合力夾擊的可憐矮桌。矮桌被前後左右推拒了兩分鐘後，忽然喀的一聲，從中間斷裂成兩截，天瑾收不住勢，一條桌腿對著霈林海的臉撞擊而下……

寂靜……

「……」

「……」

「你們……兩個給我快點老老實實坐下！」霈林海這輩子終於頭一回發飆了，「我不管什麼格鬥的結果，也不管那到底是誰造成的！今天誰再提這件事我就豁出去了！你們兩個明白沒有！」

「……明白。」

面對那張被桌腿撞得血肉模糊的臉，誰還忍心說不明白……

天瑾所謂的「不會笑」就是字面上的意思。

笑有很多種，快樂的笑、欣喜的笑、狂喜的笑，甚至強顏歡笑……但是她只會一種笑，那就是冷笑。

當時她贏了樓厲凡之後露出的就是那種笑。

其實她應該是很高興的笑出來的，可是臉上的肌肉就是不聽使喚，從來沒有正常笑過的她簡直為難得痛苦萬分，可是不管怎樣命令面部的肌肉，笑出來就是那個樣子。

所以她贏了樓厲凡不是重點，重點是她那個表情，樓厲凡才會因此怒髮衝冠。

樓厲凡拉長著臉幫霈林海的腦袋包繃帶，霈林海好像已經忘了剛才用斷掉的桌腳砸他的是天瑾，溫和的問道：「可是不會笑又有什麼關係？」

「那天在散步的時候，弱項隱藏的老師跟我說，我這樣不會笑是很危險的事情，尤其容易成為挑釁敵人的把柄……」

「那個變態會那麼好心的特地告訴妳妳的弱點嗎？」

那個老師的確教得很好，不過除了上課之外，他最喜歡的事情就是自戀，其他人他根本不會關心，難以想像他向天瑾打招呼的景象，同樣也很難想像天瑾會主動與別人打招呼——就算那個人是校長也一樣。

「不……」天瑾陰沉的說道：「當時他追著我問他是不是很英俊很帥氣，我暴揍了他一頓，然後他才說了這句話。」

「……」

——難道妳就不曾懷疑，那可能是那個變態因為被妳打了所以才故意嚇唬妳嗎？

「那妳是要我們幫妳學會怎麼笑嗎？」

「對。不過我本來想找的是霈林海，樓厲凡那張死人臉也不像能比我更會笑……」

「妳找架打嗎！」

樓厲凡舉著剪紗布的剪刀就打算衝上去戳死她，霈林海滿頭紗布死死抱住他的後腿不讓他去。

「厲凡！請冷靜！請冷靜！」

天瑾好像根本沒看見這邊的景象，繼續平靜而陰沉的說道：「可是你們畢竟是情侶，要是我專門請求霈林海的話會造成誤會，所以就連樓厲凡也一起叫上了……」

「妳說誰和誰是情侶！情侶之間的詛咒我們早就破除了！妳聽見沒有！破除了！」

樓厲凡死命想戳她，奈何被同樣因「情侶」二字弄得一臉菜色的霈林海極力阻止——堅持原則的他說不放手就不放手，害樓厲凡一步也接近不了她。

天瑾沒聽見他的話——或許根本也不想聽。她又繼續說道：「所以，霈林海，我希望你能在弱項隱藏考核之前教會我笑，我會很感激你的。」

「妳幹嘛不去找羅天舞他們！」她要不是女人，樓厲凡真想狠揍她一頓。

「他們見到我就只有哭的分，怎麼教我笑？」

她還挺有自知之明……

「好吧。」樓厲凡踢開仍然抱著他腿不放的霈林海，坐到角落裡，「霈林海你慢慢教，我在這裡看熱鬧就好了。」

「可……可是……」霈林海哭喪著臉，也很為難，「我有什麼辦法能讓一個從來沒笑過的人笑出來啊……」

「那就是你的事情了。」樓厲凡發現坐在那裡很不舒服，於是舒展舒展身體，毫不客氣的躺了下來，「反正我這個死人臉也不會比她更會笑，所以你好好加油吧！」

既然連這種話都說出來了……這說明他對那句「死人臉」相當在意，所以九成九是不會幫忙的了。

霈林海盤著腿坐在那裡發愁。樓厲凡很固執，說不幫忙就不幫忙，就別指望他了；可是天瑾這邊他也不敢得罪，天知道這個女人一旦懷恨在心會幹出些什麼事，她那張陰沉的臉讓誰都猜不出她下一步的行動。

愁啊愁……就如伍子胥一夜愁白了頭，他也要白頭了……

「那個……」霈林海實在沒有辦法，只有勉為其難的從他知道的方向入手，「天瑾，妳可不可以先對我笑一下？讓我看看妳最高興時候的笑容？」

「……我又不高興，為什麼要擺出最高興的笑容？」

霈林海的面肌有些僵硬，「呃……這個嘛……笑容這東西……其實是不高興也可以笑得出來的。」

「可是我不高興就笑不出來。」

——妳就算高興也笑不出來不是嗎？

霈林海努力扯出一個難看得讓人同情不已的笑容，「可是天瑾，是妳要求我們幫妳學會微笑的……」

天瑾沉吟了一下，似乎在努力思考，過了很久以後才抬起有著長長睫毛的眼睛，說了一句：「哦，對哦。」

霈林海很想抱著什麼東西大哭一場。

這樣的教學實在是太難展開下去了！就算他會那個世界聞名的詹姆斯教學法，恐怕也沒辦法讓她再進步一點點吧！更何況，他要教她的還是人的本能……「本能」這東西是可以教學的嗎？又不是說話和走路。

天瑾的房間裡沒有專門梳妝用的鏡子，連浴室裡的鏡子也被她用黑布蒙起來了，根據她的說法是鏡子太多了不好，容易把人引導到「別的世界」去。

霈林海也知道關於「鏡之道」的傳聞，不過那是十二點(注一)的時候用兩面鏡子互相對照才「湊巧」、「可能」會出現的情況吧？有必要這麼緊張嗎？

霈林海好說歹說的勸一臉不情願的天瑾把浴室鏡子上的黑布去掉，然後將她推到了鏡子前面，「現在，妳對著鏡子笑一下。」

「不高興，怎麼笑？」

「……拜託妳高興起來……」霈林海很想流一把傷心的淚水，「求求妳騙騙自己，稍微笑一下。」

天瑾看著鏡子裡的自己，眼睛平靜而陰沉，面頰兩邊的肌肉由四面八方收縮，嘴唇兩邊死命向上挑彎——這就是傳說中的「天瑾式」笑容。

這時，鏡子上滑下一滴水珠，鏡面啪的一聲裂開了一條縫。

霈林海看著鏡子裡的可怕景象只想一頭撞死。那叫「笑」嗎？那種表情叫「高興的笑」嗎？那分明是厲鬼索命時露出的標準表情啊！她還不如用這表情去專職殺人算了！

「天瑾……」霈林海流出兩行清淚，「妳聽我說，妳那根本不是笑……而是……」殺人凶器這四個字在嘴裡轉了一圈，卻終究沒敢說出來。

「那你要我怎麼笑？」那四個字霈林海雖然沒說出來，天瑾還是清楚的感應到了。她知道自己的笑容很難看，但有難看到那個地步嗎？她很不高興、很生氣，然後更笑不出來了。

霈林海把手放在她的肩上，讓她看著鏡子，「吶，妳看我的表情，所謂『高興的笑』應該是這樣子才對——」

將表情舒展開來，眼睛微微的彎下，面部肌肉輕鬆的拉開，嘴脣的兩端輕輕上翹……鏡中的霈林海笑得很溫柔，在他笑容所及之處，好像有微風帶著淡香悄然拂過。

——他很久沒有這樣笑過了……

樓厲凡靠在浴室門框上看著霈林海的笑容，事不關己的想著。

他第一次見到霈林海是在報到的時候，那時候霈林海笑得很溫柔，不過自從進了這所變態學院後，那傢伙的臉上就鮮少露出這樣的表情了，更多的是慘笑、苦笑、強笑、笑不出來的笑……再來就是哭。畢竟和其他人相比，只接觸靈異世界三年的霈林海根本就是個一無是處的門外漢，偏偏他遇見的事情大多又困難得讓人想吐血……

——是不是要稍微對他好一些呢？最多犯三次錯才打一次……嗯……

樓厲凡想了想，很快打消這個念頭了。如果沒有這個出氣筒的話，自己在變態學院裡的日子會有多麼難熬啊！所以欺負霈林海這一點是絕對不能改變的！

……簡單的說，就是要把自己的痛苦全部轉嫁到別人頭上罷了。－_－|||

「對，就是這樣，放輕鬆……那個……眼睛請不要睜那麼大，笑起來還睜那麼大真的很嚇人……然後是臉上的肌肉……」

霈林海真的很認真、很有耐性，既示範又指導天瑾面部的肌肉走向。

對於樓厲凡來說，一個人能這樣耐心的教導另外一個人，真是世界上最難理解的事情之一了——學校上課當然也包括在這其中。如果讓他來講課，說了一遍學生不懂，他可能就會怒氣橫生，要是再說第二遍還不懂，那他就要抓住那些可憐的學生施行殘酷的刑罰了。所以霈林海在他手底下比別人都倒楣……

——可是為什麼呢？那傢伙為什麼有這麼大的耐心呢？為什麼會那麼好脾氣呢？這真是這世界上最難理解的謎團啊！

其實，這種事情恐怕也只有樓厲凡想不明白了。這世界上霈林海式的溫柔很常見，可是樓厲凡式的凶暴……卻很少有。

天瑾的鏡子在她的恐怖微笑攻勢下出現無數裂痕，現在終於連一丁點可以讓她清楚照自己的地方都沒有了。

天瑾全身散發出來的重壓怨氣把她旁邊的霈林海壓得動彈不得，她用陰冷的聲音狠狠的、恨恨的說：「這種事情……這種事情為什麼這麼困難呢？嗯？該死的……鏡子！」

——妳幹嘛不詛咒妳的笑容呢？

樓厲凡剛想這麼說，卻聽得啪嗒一聲，接著是嘩啦啦一連串聲響，鏡子碎得四分五裂，落得洗臉檯上滿滿的鏡子碎片。他的臉立刻青了。

樓厲凡可以用霈林海的人頭保證，剛才天瑾絕對沒有使用任何超能力！甚至連不帶超能力的普通力量也沒有使用，鏡子就碎了！雖然剛才被她的「笑」摧殘很久，但那種程度並不能把鏡子整面打碎，而且在完全沒有碰觸的情況下……

結論，只有一個——

那面鏡子，是被她的「語言」打碎的。

難道這也是她的超能力？他對這個女孩不瞭解，所以也弄不清楚這到底是不是屬於她的超能力的一種，但如果是的話，那就太可怕了……

可憐的霈林海，他雖然還不太明白這一切到底是怎麼回事，不過他已隱隱約約猜到這可怕的現象和她的超能力脫不了關係，所以他的臉比樓厲凡還青，卻更加沒膽拒絕。

戰戰兢兢的完成這一次的教學，霈林海稍微交代了讓她自己練習的話之後，拉著樓厲凡如臨大赦般逃走了。

「她那個到底是什麼超能力啊？厲凡？」霈林海長長的吁出了一口氣，看來在天瑾身邊他憋得不輕。

「那是用語言做出攻擊的超能力。」樓厲凡比他的情況好不了多少，霈林海不走他就沒辦法提前告辭，害得他也在那裡承受她怨氣的壓迫，簡直不是人幹的事情！他躺在床上看著天花板，一動也不想動，「使用『語言』攻擊的超能力總共有十大類一百多種分支，我也不清楚她究竟是屬於哪一種，不過看起來還是挺嚇人的。」

「是啊……對了，厲凡，你認為她會不會用那個對付我們？」

「……只要別惹她不高興就好了……」

※◆◇◆◇◆◇◆※

樓厲凡他們走了以後，天瑾將自己的房間收拾好，最後才來到浴室中，對著那堆碎片呆站了一會兒。

「修復！」她忽然這麼淡淡的說了一句。

那些碎片好像被倒帶的錄影帶一樣，嘩啦嘩啦的紛紛向牆上飛去，轉眼間就恢復成嶄新的樣子。

她又對著鏡子裡的自己笑了一下，儘管那笑容依然讓人難以接受，不過這次鏡面沒有破裂，只是鏡中的她在瞬間變得扭曲模糊，但很快又恢復原狀。

她不解的挑了挑眉，向身後看了看，牆上的瓷磚很乾淨，光可鑑人，然後她又摸了摸鏡面，想看看究竟是鏡面不夠乾淨還是其他什麼原因。令人意想不到的是，在她的手接觸到鏡面的同時，指尖竟如同接觸到水面一般陷入了鏡子裡。

「咦？這……」

她想抽回手，但是鏡中的吸力大得驚人，她根本連掙扎喊叫的機會都沒有，半個身子眨眼間就被吸入了鏡子裡。

——光可鑑人……

——是後面的瓷磚反射倒影！

她立時意識到事情糟糕了，開始拚命掙扎，可是這種掙扎幅度對鏡子裡的吸力來說根本構不成威脅。

「啊！啊救……」

所以她連一個詞的音也沒發完，另外半邊的身體跟著被吸入了鏡面中。

鏡面泛起一點小小的漣漪，平靜如水。

宿舍裡一臺老舊得早已不會響的座鐘，指針悠然劃過十二點零一分的位置，而每間寢室裡都配備的牆壁嵌入式電子鐘上顯示著過了十二點後的日期——十二月二十一號，星期六。

※◆◇◆◇◆◇◆※

第二天早晨上課的時候，天瑾的位置是空的。

以前她從未在課堂請過假，所以樓厲凡在聽課的同時忍不住多掃了她的位置幾眼。

霈林海也發現了這一點，剛開始本想忍一忍不說的，不過在多次回想起她雖然陰沉但絕對勤奮好學的身影之後，實在忍不住戳了戳樓厲凡。

「喂！她沒來吶！」霈林海低聲道。

樓厲凡有些不耐煩的回道：「我知道！」

「她會不會是出了什麼事……」霈林海有些擔心。

「她能出什麼事！」

「不是……」霈林海小小聲的說：「我是說，她昨天被迫做了那麼多次平時根本不會做的事情，會不會是刺激過大生病了？」

……多麼容易令人誤會的話啊！

「你這麼關心她的話，等下課的時候去看看不就好了！」真煩！上課的時候讓他安靜一下不行嗎！

「可是……我一個人不敢去……」

「……」真是個超級沒用的傢伙！

※◆◇◆◇◆◇◆※

今天上午只有兩節課，下課後就可以自由行動了。平時他們都會到圖書館去坐一坐，不過今天比較特殊，兩人一下課便收拾東西回到宿舍。

天瑾的房門緊閉著，看不出來她有沒有出門，把東西放回寢室後，兩人來到她的門前，霈林海輕輕的敲了敲門。

房內靜悄悄的，沒有反應。

樓厲凡稍微用重一點的力量又敲了敲，裡面還是沒有反應。

「會不會是去保健室了？」樓厲凡對霈林海說：「算了，再等一等，說不定她一會兒就回來了。」

他轉身就想回自己的寢室，走了兩步之後卻發現霈林海沒有跟上來。

「霈林海？」

霈林海一隻手放在門上，表情是從未見過的凝重。

樓厲凡又折了回來，問道：「怎麼了？你發現了什麼嗎？」

「我總覺得有什麼地方不太對勁。」霈林海皺眉說道：「我的預感雖然薄弱，不過偶爾也會有強烈的感覺。剛才我一接觸到這扇門，心裡就突地一跳，這感覺很不好……」

「難道是天瑾出事了嗎？」樓厲凡也將手放在門上，但是他沒有預感，對那扇門沒有任何感覺，而且用靈感力鑽入探測的時候也沒有發現什麼異常的情況。

「我們要不要衝進去看看？」霈林海嚴肅的問。

樓厲凡為自己居然有一個這樣豬頭的朋友而感到丟臉，他狠狠敲了霈林海一記，「你有毛病嗎！萬一你的預感有問題呢？好，我們衝進去是沒問題，要是她沒有事，到時候被她發現我們進去過的事實，你說她會怎麼報復我們？」

「可是！」霈林海難得的堅持，「雖然預感不是我的專長，而且平時也沒起太多作用，但是今天我的確有很強烈的感覺！厲凡！天瑾真的出事了！」

樓厲凡盯著他的臉看了半天，最終嘆了一口氣說：「我知道了……既然你這麼說，那就一定有問題。」

霈林海激動萬分，「厲凡！這是你頭一次這麼信任我！我太感動了！我們要不要現在就衝進去？」

話沒說完他就已經擺出了要撞進去的姿態，樓厲凡給了他一腳，「住手！你難道沒腦子嗎！就算是她出事了，你這麼冒冒失失撞壞她的門她也會生氣吧！」

「……咦？」

「咦什麼咦！你難道還不瞭解她那種人嗎！」

的確……那種女人的確有可能……說不定她就算有了生命危險，別人去救她，她還會嫌人家來的時間晚。

「那……那怎麼辦？」總不能穿牆而入？

樓厲凡瞪他一眼，走到他們隔壁的 332 號房，敲響了羅天舞和蘇決銘的門。敲了好一會兒之後，羅天舞才一邊打著大大的呵欠，一邊抓著雞窩一樣的頭髮打開了門。

「幹嘛啊……昨晚實習到四點，白天也不讓人好好睡……咦？是你啊？」

樓厲凡懶得跟這個睡得沒有半點形象的傢伙多說什麼，直接問道：「蘇決銘在不在？」

「他啊……」羅天舞對身後房間內叫：「決銘！樓厲凡找你！」

過了好一會兒，和羅天舞同樣睡眼矇矓的蘇決銘走了出來。

「啊，厲凡吶……呵~~」打了個呵欠，他皺著臉打招呼：「找我有事嗎？」

「我希望你能幫我一下。」

「幫忙？」

「幫我開一扇門。」

「開門？」

「天瑾的門。」

「啊？！」羅天舞驚了。

「我的能力……不是用來開門的……」蘇泱銘咕咕噥噥的嘟囔：「而且為什麼要開那個天瑾的門……要是被她發現的話我不是死定了……」

一聽是開天瑾的門，羅天舞也不再提睡覺的事情了，反而興致勃勃的跟在蘇泱銘身後，想弄清楚樓厲凡和霈林海到底為什麼要開「那個天瑾」的門。

走到天瑾的門前，蘇泱銘伸手貼在門板上，以他的手為中心，逐漸有黑暗蔓延爬出，形成了一個不規則形狀的黑洞。他又伸出了另外一隻手探入黑洞之中，洞內的漆黑刷的一聲變得淺淡，漸漸像透明一般透出了另外一個空間的景色。他的手透過那像被挖了個洞般的空間伸入裡面，只聽得喀擦一聲，門開了。

這就是樓厲凡和霈林海在妖學院臥底時曾極度想要得到的能力——讓門內外之間的空間相連接，不需要透過「普通」的情況下必須經過的空間位置，就可以直接跳躍到目的地。

如果這個洞開得大一點，他們就可以直接進去，可是沒有那種必要而且又很浪費能量，所以蘇泱銘只是開了一個最小的空間，把門板外和門板內的空間連接起來，然後用手伸進去把鎖打開就行了。

門是打開了，可蘇泱銘和羅天舞可沒那個膽子走進去，霈林海也一樣，因此樓厲凡在前面沒有倒楣犧牲鬼的情況下，率先第一個踏了進去。

房間裡還是那麼陰森恐怖，可是似乎有某種最陰冷的東西消失了，曾經在這個空間內感受到的不適也沒有了。

所以……感覺比以前舒服了嗎？

沒有，正因理應存在的東西沒有了，舒服的感覺就更談不上了。

羅天舞跟在蘇泱銘的身後進來，哇的驚嘆出來：「真不愧是那個天瑾的房間啊！真是有夠恐怖的！」

樓厲凡看了他們倆一眼，沒說話。不過他心裡非常的不以為然——若讓你們感受一下天瑾在這裡時的感覺，你們可能已經嚇哭了吧。

天瑾的確不在房間裡，他們轉了一圈，連衣櫃裡都看了，不見人影蹤跡。

「她是不是出去啦？樓厲凡、霈林海，你們兩個要在這裡找什麼啊？」蘇泱銘莫名其妙的問。

樓厲凡懶得理他，走到浴室門前一推門，嚇了一跳！

天瑾，她就站在浴室裡。

「你們幹什麼？」她斜眼看著四位侵入者，冷冷的問。

羅天舞和蘇泱銘慘叫一聲，飛速逃了出去。

樓厲凡看了一眼身後面無血色的霈林海，在心裡打算著怎麼收拾他才好讓自己消氣。

「有事快說，沒事就快滾。」

「是這樣的……」在心裡盤算了一下，樓厲凡決定說實話，「妳今天沒有去上課，我們覺得很奇怪，就來看一看……」

等他將事情說完，天瑾露出了一個淡淡的笑容，「是嗎？謝謝你們了。不過我沒事，你們請回吧。」

霈林海在樓厲凡殺人的目光下灰溜溜的和他一起走出去。

一出門，樓厲凡就狠狠給了霈林海幾腳，「說什麼有強烈的預感！呸！幸虧她今天沒有追究，不然光是隨便闖進別人的私人地盤你就是犯罪！」

「在貝倫那裡我們不是也做過……」霈林海嘟囔。

「沒有被人抓到就不算犯罪！白痴！」樓厲凡怒道。

——不，沒被人抓到也算犯罪……只不過對你來說的確只是不算而已……

回到房間，霈林海拿了兩人的電子閱覽卡準備一起到圖書館看書，然而樓厲凡一進門就站在那裡，若有所思。

「你怎麼了？」霈林海問。

「我總覺得有什麼地方不對勁。」

「嗯？」

「到底是哪裡……」

「我不覺得哪裡不對啊。」霈林海努力回想，卻還是想不出哪裡有不對的地方。

「霈林海。」樓厲凡看著霈林海問：「她之前找我們是為了什麼？」

「？」霈林海不明白，「不是為了弱項隱藏嗎？」

「她不會笑！」樓厲凡吼了出來：「她不會笑！除了冷笑之外她再不可能有其他的笑

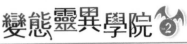

容！可是剛才她卻在笑！」

霈林海的腦中瞬間閃過了天瑾剛才的笑容。那是很自然的笑容，自然得沒有痕跡，但是就是因為太自然了，對於天瑾來說就是不自然的。或許有人可以一夜之間從完全不會笑到會笑，但是天瑾絕不可能，如果這麼簡單就能達到這種程度，她就不需要那麼苦惱了。

霈林海扔下手中的東西，和樓厲凡一起跑出房間，又回到了天瑾的門前。他們可以再叫蘇決銘開門的，不過樓厲凡等不及了，他一邊讓霈林海去把蘇決銘和羅天舞叫過來，一邊將靈氣凝結在右手掌心中，一記「靈擊」攻擊伴隨著轟然大響，門板碎裂成了幾塊。

他一腳踢開浴室的門，那個「天瑾」還站在那裡，看見他進來，不高興道：「你有病嗎？居然硬闖……啊！」

她話還沒說完，樓厲凡已經向她撲了過去，雙手卡住她的脖子，將她按倒在光亮的瓷磚地面上。

「妳是誰！說！」

「天瑾」連掙扎也沒有，順從的躺在地上微笑道：「我是天瑾啊。」

「不對！妳不是天瑾！」

樓厲凡雙手更加用力，奇怪的是，明明他的手裡有一個「實體」，但是在接觸到的時候卻有種無處著力的感覺。

「哦？哪裡不像了？我覺得滿像的呀。」她的眼睛彎彎的，笑得很漂亮。

「天瑾她……是不會笑的。」樓厲凡咬牙切齒的說：「險些就被妳騙了！」

「那可就奇怪了哦，她會笑呀，她明明對我笑了呀……」

「天瑾」的身體突然變得柔軟異常，樓厲凡的手稍微施點力，她居然就像黏土一樣被捏得陷下去。軟塌得像一張影子皮般的東西貼著地面哧溜一聲脫出樓厲凡的手，一邊唧唧嘎嘎的細聲尖笑著，一邊順牆爬上洗臉檯，然後鑽進了鏡子裡。

霈林海帶著羅天舞和蘇決銘趕到時只看到那張皮鑽入鏡子裡的情景，不由得愕然。

「厲凡！你有沒有被它怎樣？」

「我沒事。」樓厲凡陰沉的說：「可是那個東西……」

「那到底是什麼……」羅天舞目瞪口呆的說：「我還從來沒有見過那種東西吶！」

「我也不知道，從來沒見過，不過八成是低等妖怪之類的吧。」樓厲凡按著隱隱作痛的額頭，眼中透出凶光，「混蛋……居然敢耍我！我今天要是不把這傢伙抓出來剁碎晾乾泡茶喝我就跟霈林海姓！」

我的姓招惹你了嗎——霈林海想這麼說，可卻又不敢。

「蘇決銘。」樓厲凡對同樣處在目瞪口呆狀態中的蘇決銘說：「你看見那傢伙剛才逃走的軌跡了吧？我想大概是鏡之道。我剛才掐住它的時候，在它身上放了一條感應線，我會引導你，你從鏡子裡開一條到它那裡的通道。能行嗎？」

蘇決銘想了一下，有些猶豫，「可是我只有在開小空間的時候比較有把握，要是太長的通道……恐怕很危險，我自己也會在裡面迷路的。」

「那是因為你的本體感應太差了，對自己的方位感知能力太低就會出現這種情況。」樓厲凡說：「所以等一下只有我和霈林海進去，你留在這裡等我們，出來的時候還需要你幫忙引導我們一次。」

羅天舞左右看看，問道：「喂……那我呢？你不是專門讓霈林海把我也叫來了？」

樓厲凡冷冷甩他一眼，說道：「你的詛咒恐怕派不上什麼用場，帶你進去也是白搭。我叫你來只是為了讓你協助蘇決銘，如果四十分鐘之內我們回不來的話，你馬上去叫宿舍管理員拜特來。」

——真是頤指氣使的傢伙！

羅天舞氣得握緊了拳頭，卻因為不能在這時候起衝突而揮不出去。

樓厲凡站在鏡子前面，把蘇決銘拉到自己身前，讓他雙手覆在鏡面上，自己雙手食指點上他的太陽穴。他們同時閉上了眼睛。

「……看見了嗎？」

「……就是那根白線……」

「對……打開通道……」

「連接……從這裡到……那裡……！」

鏡子裡原本反射出的是他們幾個以及浴室裡的情景，然而在一瞬間，鏡中的景象忽然變化了，所有的東西都變得黑暗扭曲，形成了一個螺旋狀的黑洞。

蘇決銘收回手退到一邊，樓厲凡看了一眼正瞪著黑洞的霈林海，淡然道：「你不進去的話就算了。我一個人去也行。」

「不……不要！」霈林海壯起膽子，一拍胸脯，大聲道：「我沒問題！這算什麼！根本不在話下！你看！」

一撐洗臉檯，他一頭衝──或許用「栽」更合適──進了鏡中的黑暗通道裡。

「哇呀呀呀呀呀～～」

樓厲凡搖了搖頭，為他的愚蠢而嘆息。

「記住，四十分鐘，我們沒有出來的話，就把宿舍管理員拜特叫來。」說完這句話後，他也隨後跳進那黑暗的通道之中。

「為什麼是四十分鐘啊？」羅天舞想了一會兒，實在忍不住問道。

「……這麼大的空間通道，我只能維持四十分鐘左右……」蘇決銘說。

「那他是怎麼知道的？」

「我怎麼知道。」

注一：「鏡之道」，在十三號星期五的午夜十二點，將兩面鏡子面對面的放置，鏡中就有可能出現另外一個世界，如果此時有人正好處在那兩面鏡子之間，就會被吸入那個世界中。至於究竟是怎樣的世界，沒人知道，因為能回得來的人都忘記了，而回不來的人，當然也沒辦法告訴其他人了……阿彌陀佛。

第6章 鏡之道的秘密

那條通道如同雲霄飛車的隧道一樣彎彎曲曲、奇長無比。

霈林海從「栽」進來後，就一直沒停過的翻滾翻滾再翻滾……最後從像是下水道出口般的終點滾出時，他不可避免的躺在那裡頭昏眼花加噁心想吐，此刻周圍是什麼情形，他是沒有絲毫精力去關心了。

樓厲凡不像霈林海這種沒經驗的傢伙，一進入通道，他就掌握了自己的走向，以頭上腳下的姿勢順勢滑下，可惜鑽出終點時沒看到腳下，險些一腳踩上霈林海，幸虧及時發現還有個活人，慌忙的一個趔趄，踏到別的方位上。

「沒事吧？」樓厲凡伸出手去。

霈林海拉著他的手艱難的站起來，剛才在通道裡受的衝擊太大，過了好一會兒還暈暈的直不起腰來。

他們現在所在的空間是一個虛無、沒有任何東西的地方。

沒有光，卻不能說是黑暗，他們還是能夠看得見對方；靈感力延伸出去，卻沒有迴響；他們似乎是站著，又似乎是躺著，沒有「自己」在「哪裡」的感覺，沒有「自己」在「做什麼」的感覺。

沒有方位、沒有存在、沒有形體、沒有聲音，除了能確認「對方」的存在之外，似乎連自己本身是否「在這裡」都有些疑惑了。

「厲凡……這裡到底是什麼地方？」霈林海看著周圍，目瞪口呆的喃喃問道。

「我不知道……」樓厲凡和他一樣心驚，卻不能在他面前表現出來，「我從來沒有聽說過這樣的地方……難道鏡之道所通向的地方就是這樣嗎？」

這不是「活著」時能夠產生的感覺，只有「死亡」才可能有這樣的結果。難道……是這樣嗎？鏡之道……通向的地方是鬼門？

可是也不對，鬼門不是這樣的，根據記載，鬼門之內應當有隨時巡邏的引魂渡，將死人拉到最下層，把誤入的活人送出去。

那麼這裡是哪裡？是某人開的「空間」嗎？在開空間的時候，主人必定會為空間設定「法則」，如果沒有法則，空間就會崩潰。可是這裡是「虛無」，「虛無」的「法則」是神的領域，或者說，是自然的領域，人類無法涉足。

這裡是什麼地方？

這地方到底是什麼？

鏡之道連接的，原來就是這樣的嗎？那麼為什麼出去的人都會忘了？

在這裡「有」什麼？「虛無」之中，「存在」了什麼？

樓厲凡只能從那個讓他們進來的空間通道上確定這裡是他們專程進來的地方，其他的就一概不知道了。

樓厲凡拋出一條靈力感應線，纏繞在空間通道上，然後對霈林海說道：「你跟著我，千萬不要走丟了，否則我可沒有精力同時去救兩個人。」

霈林海點頭。

在虛無的地方走路真的是一種很奇怪的感覺，沒有聲音，腳下也沒有踩到什麼東西的觸感，走得很輕盈卻又很不踏實，怪怪的。

一邊走著，樓厲凡一邊放出靈感力波，同時用「靈擴」將自己的靈力聲音遠遠的傳播出去，希望天瑾在聽到之後能夠給他們哪怕是一丁點的回音。

可是沒有，虛無就是虛無，空得什麼都沒有。

霈林海有些急躁了，「這麼久都沒有回音，會不會是那個妖怪故意把我們引到和天瑾不同的地方啊？」

「……有可能。但是現在既然已經這樣了，我們只能相信她確實在這裡，真的找不到的時候再說。」

「嗯……」

兩個人慢慢的走著，似乎走了很久，又似乎剛剛進來。「存在感」空了，「時間感」自然就會發生錯誤，他們進來其實只是一、兩分鐘的事情，但是在他們的感覺裡，卻好像已經走了很久很久一樣。

「對了，這個空間，我好像……」樓厲凡好像想說什麼，但是還沒說完，忽然就有一個穿著白色連衣裙的七、八歲小女孩從他身邊飛跑過去，消失在虛無的空間裡。

「厲凡！那女孩……！」

「我知道！」樓厲凡極快的回答：「剛才我沒有任何感覺，那女孩……好像是幻影。」

「幻影？」

「我不能肯定那是什麼性質的幻影，不過可能是記憶的幻影，或者是夢想的幻影。」

「夢想的……幻影？」

又一個和剛才那個小女孩一模一樣的身影蹦蹦跳跳的跑出來，不過這次她不是單純的在奔跑後就立刻消失，而是很快樂的跳著花式跳繩，然後才慢慢的淡出。

她消失後，又一個和她們一樣的女孩，和一群同樣年齡的女孩尖聲說笑著跑過，最後淡出他們的視線。

「厲凡……」

「……我知道了，這是記憶的幻影。」樓厲凡說：「可是這是誰的幻影呢？」

剛才他之所以沒能確認是記憶還是夢想的幻影，原因是那幻影實在有些夢幻了，但同時卻又不失真實，兩種性質同時出現讓他產生了混淆。

第四個幻影出現了，這一次的女孩比之前長大了一些，大概有十歲左右，她一個人慢慢的走著，當她慢慢的穿過他們的身體時，眼神非常的落寞。

——她死了……

——好可怕……

——為什麼我不能預感到呢？

——那種事情，如果我能預感到的話，一定就可以不用發生了吧？

她身體裡沉重的情緒在交錯的瞬間傳到了樓厲凡和霈林海的腦海裡，淡淡的憂愁、無奈、悲哀和悔恨……感情並不強烈，卻在相互疊加之後變得異常沉重，讓人難以承受。

——我想有那種能力，我想擁有能夠預知危險的能力。

——讓我能夠保護我想保護的人，讓我不要再失去我不想失去的東西。

周圍忽然出現了好像祭祀祠堂的場景，一個穿著白色衣服的男人站在祭祀的壇前，面前跪著那個低著頭的女孩。

「妳想擁有預感的能力嗎？」

「是的。」

「擁有一樣東西，必然會丟掉另外一樣東西，這也是妳心甘情願的嗎？」

「是的。」

「妳會後悔的。」

「我不會。」

「那麼十年之後妳再回到這裡，告訴我，妳得到了什麼。」

「可是，我需要失去什麼呢？」

「是妳生活中，慢慢積累的東西。」

「慢慢積累的東西？」霈林海反問。

「我好像明白他在說什麼了。」樓厲凡說。

「啊？」

「你是不會明白的。」

「……？」

又是女孩和朋友們一起嬉戲的場景，已經十三、四歲的她們又叫又跳，時不時的放聲大笑，那種純真而快樂的感覺，是已經長大的人們絕對無法體會的。

「啊！小心！妳要是到那裡的話會摔倒的！」女孩大叫。

另外一個女孩聽到她的示警已經晚了，她在那裡狠狠的摔了一跤。

「妳……有了預感能力嗎？」艱難站起的女孩問。

她點點頭。

「那妳為什麼不預感今天我們不能出來玩呢？如果不能改變結果的話，妳的預感又有什麼用呢？」

女孩愣住。

「可是……如果我剛才能早一點提醒的話，妳一定不會……」

「不，我不是這個意思，我是說……算了……」那女孩笑笑。

——算了……？

幻影不斷的變換，從春季到夏季再到秋季和冬季，從小女孩慢慢成長直到她長大成人，她遇見很多人，遇見很多事，她的預感有準的，也有不準的；她的預感幫助許多人，可是也有很多次她即使有了預感卻沒能逃開那個結果。

直到……

那一次……

「媽媽、媽媽，今天妳不能出去，出去的話，一定會意外受傷的。」

女孩的媽媽在聽到女兒的聲音後猶豫了一下，放下了手中的東西。

「可是今天這個東西一定要送出去，否則會很麻煩的。」

女孩的爸爸走過來，拿起了妻子放下的東西。

「哦，這樣的話，我幫妳去吧。女兒啊，爸爸去沒問題吧？」

「嗯……應該沒有問題吧！」

女孩笑得很甜，爸爸溫暖厚實的大手放在她的頭上，輕輕的按壓一下，旋即離開。

然後，他再也沒有回來。

圍著靈柩大哭的家人，媽媽拉著女兒的手，用淒厲的聲音問她：「妳知道的，對不對？他一出去就回不來了！對不對？為什麼！為什麼妳要這麼做！」

女孩拚命搖頭，大眼睛裡充滿著驚惶。

「沒有！我不知道！媽媽妳相信我！我真的不知道！」

「妳騙我們！妳騙我們說他會安全回來！為什麼！妳有意讓他去死對不對！」

「我沒有！」

——我沒有感覺，我沒有預感，我只知道媽媽出去一定會受傷，可是我真的不知道爸爸出去就會死！真的！不知道！

「可是妳有預感——」

——我沒有，我沒有……

「擁有預感就是在被賦予能力的同時，被強迫承受沉重的責任……因此，妳的預感就是妳的負累。」

——我沒有預感，那時候我真的沒有預感，如果有預感的話，真的，不會讓他去的，就算讓我自己去死，我也不會讓他去的！

「可是妳不明白——」

「那是命運——」

「既定的軌道必然只朝著在它應該走的方向去——」

「妳可以扭轉一些事實，可是更多的東西只會以其他的方式再折回來還給妳——」

——我不知道……我真的不知道……求求妳原諒我……

——我也不想的……拜託……原諒我……

「這就是妳在得到的同時，失去的東西——」

女孩抬起頭來，那張屬於「天瑾」的臉上，絕望的悲傷與痛苦的淚水，縱橫交錯。

周圍的景色轉淡，女孩的幻影卻沒有消失，她依然跌坐在那裡，身下的影子若有若無的微微扭曲著。

「難道……那是天瑾？」霈林海猶猶豫豫的問道。她的臉和天瑾太像了，但是由於完全迥異的氣質而讓人無法確定。

「可能是。」

「我們怎麼辦？」

「那只是幻影，還能怎麼辦？」

霈林海有些莫名的心焦，他忽然指著女孩對樓厲凡大叫：「喂！厲凡！你看她的身體是不是在下陷？」

樓厲凡仔細看去，她的身體果然在往自己的「影子」裡陷入，雖然很慢很慢，如果不仔細看甚至無法發覺，可是她真的在下陷。

——原諒我……我用我可以付出的所有代價交換，求求妳原諒我。

——如果付出我的生命和我一生的幸福能夠換回他，我也願意，可是那是不可能的。

——原諒我！

——我已經失去了他。

——我不要再失去妳。

「厲凡，要不要救她？！」

樓厲凡緊盯著她下陷的身體，心裡充滿了猶豫。

那是個幻影，怎麼看都是幻影。可是總有一種如果不救她就會後悔莫及的感覺。但萬一是個陷阱呢？在這種莫名其妙的地方，出現了一個莫名其妙的「她」，正在被莫名其妙的東西威脅……

用經驗來判斷，這種狀況下可以救她嗎？會不會產生反效果？還是……

女孩的大半個身體已經沉入了陰影中，她空洞的眼睛仰望著上方，似乎在等什麼人對她說什麼。

樓厲凡始終無法確定是救好還是不救好，但是他忽然在這一片虛空中感覺到了一股黑暗的視線，他猛地向那黑暗的來源看過去，幾張像皮影一樣的東西動了一下，又消失了。

樓厲凡猛地撲上前去，抓出連頭頂都幾乎要沒入黑暗中的女孩的手臂。

在被他碰到的同時，女孩彷彿蛻皮一樣劈劈啪啪的褪去外表的那層幻影，剝脫的幻影下面，是天瑾被憋得緋紅的臉。

「果然是妳！天瑾！」

天瑾沒有說話，但是從她比平時更加陰沉的表情看來，她是真的真的真的很生氣。

霈林海一見是天瑾，也慌忙的一塊來拉她，可她的下半身好像被什麼東西使勁拖住，樓厲凡和霈林海用盡力氣，卻還是沒能把她拉上來。

「天瑾！妳到底怎麼回事！」樓厲凡吼道。

「你們……真多事。」天瑾終於開口了，但是說出口的話卻能把人氣死。

「妳有毛病嗎！」

「我說了，你們太多事。」天瑾說：「這本來是我的事情，你們幹嘛要進來橫插一腳？刺探別人的秘密很好玩嗎？」

「妳到底明不明白！妳被妖怪抓了！外面甚至還有一個妳的冒牌貨！要不是我們有警覺，差點就被它騙了！」

「不明白的是你們。」天瑾說：「我沒有求你們幫我，就算有人冒充我又有什麼關係？你們是破門而入的對不對？如果不進去的話，你們甚至不會發現我失蹤。幹嘛那麼多事。」

樓厲凡再一次瞭解到，和這個女人真是說不通的。

「我不管妳想什麼，總之我既然進來救妳，那就一定要把妳完整的救出去，至於妳願不願意，那就是妳自己的事情了。」

「放開我。」

「不。」

「放開我。」

「不。」

「放開我！」

她的眼神變了，原本只有陰冷的眼眸中充滿了狠厲。

「……」樓厲凡看著她，面色微微變了，「天瑾……妳……」

「我讓你們放開——！」

天瑾的尖叫甫一出口，她身體的陰影處，明顯是早已偷偷纏繞上去的樹根狀不明物體以極度詭異的姿態繞過她的身體，同時纏上了霈林海和樓厲凡的脖子，將毫無防備的兩人扯進天瑾所陷入的陰影之中。

※◆◇◆◇◆◇◆※

黑暗，絕對的黑暗。

與虛無的空白正好相反，這裡充滿了很多的「內容」，可是當伸出手去時，卻觸碰不到任何東西。

樓厲凡聽到有人在耳邊不斷的喃喃細語，仔細去聽，又好像是幻覺，根本沒有誰的聲音似的。

那個「東西」把他們扯進去以後，現在仍然纏繞在他的脖子上，他試著用靈氣去轟，卻對那「東西」毫無作用。雖然被勒得非常難受，但是它沒有再繼續加大力氣，他暫時沒有生命危險。

沒有了視覺，觸覺和靈感力就成了唯二的依靠，他伸出手在周圍四處摸索，除了這根纏在他脖子上的東西外，他沒有碰到任何的……不！有東西！一個非常柔軟的東西……這是什麼呢？

黑暗中忽然啪的甩來一個巴掌，樓厲凡眼前冒出了無數的金星。

「是誰！」

「樓厲凡……」陰狠恐怖的、好像鬼魂索命的聲音：「你是不是活得不耐煩了……居然敢摸我的……！摸一下就算了，當你不小心，沒想到你還沒完沒了……找死！」

樓厲凡回想起剛才的觸感，的確是很柔軟……雖然不是很大……呃……是他自己有錯在先，只能自認倒楣。

「霈林海——」天瑾叫：「霈林海你在不在？」

「在……」

從樓厲凡身下傳出來的聲音哆多嗦嗦的。也難怪，剛才掉下來的時候霈林海是第一個，樓厲凡先是摔——砸——在他身上，然後又一直坐在那裡不動彈，似乎對自己身下還有一個人這一點毫無所覺。

樓厲凡是真的沒發現。剛才他用靈感力搜索，沒找到想找的人，對方卻原來在他的屁股底下。他連忙想站起來，可是脖子上的那個東西纏得非常緊，將他固定在原處，他的身體想挪動一下都很困難。

天瑾知道他們現在的情形，不過現在不是管別人舒服不舒服的時候，先要看清楚當前的形勢才行。

她指示道：「霈林海，你現在馬上右手捏火字訣，讓火字成光。」

霈林海依言伸出右手，捏了一個火字訣，食指與拇指一搓，小小的火苗在他的指尖蓬的一聲亮了起來。

在黑暗中看不清楚，現在火光一亮，三個人詭異的姿態立刻顯現出來。

在三人中最上面的是樓厲凡，他被一個像樹根一樣的東西緊緊纏住脖子，就好像被鐐銬銬住了一般，頭部完全不能移動，樹根的另一端連接在天瑾的身上，他的身體自然也不能逃走；在中間的是天瑾，不過正確來說其實不是她本人，而是將她下半身糾纏著鎖在地上的樹根狀物，那樹根下面壓的就是霈林海。

霈林海算是最倒楣的，被樓厲凡砸到身上不算，還被樹根整個扣在身上，樓厲凡的身體至少能稍微動一動，天瑾的上半身也算自由，只有他，整個身體除了右手的手掌還能動彈之外，其他地方完全被封鎖得連想動一絲一毫都不可能。

天瑾嘆了一口氣說：「剛才我就知道我們的情況很糟糕，想不到會糟糕到這種地步……都是你們這兩個只會扯後腿的！」

「妳說誰扯後腿！妳說誰扯後腿！」如果她不是女人，樓厲凡肯定一拳就揮上去了，「妳這個不知好歹的女人……」

「我剛才就說了——」天瑾的臉在火光的映照下很恐怖，說的話卻讓人恨不得揍她十拳八拳，「我根本就不需要你們救，如果你們沒有進來的話，我說不定已經出去了。」

「如果沒有人迎接的話，妳知道出去的方法嗎？」樓厲凡冷冷的問。

「不知道。」天瑾回答得很乾脆。

——那妳還誇口！

樓厲凡是真的想揍她了。

「可是，如果你們不進來的話……」天瑾頓了一下，「最多是我一個人滯留在這裡，等到下一個替身之後就可以出去了。現在我們卻必須三個人都被關在這裡，要是等不到三個替身怎麼辦？難道都死在這裡嗎！」

「等一下！」樓厲凡打手勢打斷她的話，「妳先告訴我，什麼替身？為什麼得到替身就可以出去了？妳是不是對這個空間有了什麼瞭解？」

「我是……遙感師。」天瑾鄙視的看著樓厲凡，「當然和你們這些只有無聊能力的人不一樣。一進來我立刻就明白了。」

樓厲凡這次不想揍她了，他只想殺了她。

「既然妳這麼厲害，為什麼不馬上出去？還要和我們這些有無聊能力的人一起被扣在這個地方。」

「那是因為你們這些人扯了我的後腿。」天瑾理所當然的說道：「我不是說了嗎？都是因為你們進來，我才出不去的。」

「妳不要自己沒本事出去還給別人扣帽子──」

天瑾打斷他的話：「我剛才進來的時候也目睹了你們所看到的幻影，於是我想，要逃出去的話，最好就是把自己『藏身』於幻影之中。我幾乎成功了，在這裡的妖怪被它們自己製造的幻影迷惑，弄不清楚我究竟在哪裡。可是就在我找通道的關鍵時刻，你們卻下來了，我情感波動了一下，就是這麼一下暴露了我的位置──你們兩個！我有罵錯嗎！」

樓厲凡語塞。

雖然很生氣，覺得她很不識好歹，但是……她的確沒有罵錯。

在救人的同時要搞清楚周圍的形勢，可他們在剛才下來的時候被周圍的「虛空」迷惑，毫無所獲的靈感力探測麻痺了他們的感官，甚至忘記了應該隨時注意四周的情形，所以導致了與自己目的相反的結果也怪不了別人……

可是……

還是很生氣！

樓厲凡把一肚子氣全發洩在纏住自己脖子的樹根狀物上，他猛力搖晃那個紋絲不動的東西，怒吼：「妳知道這是什麼吧！怎麼才能打開！妳知道吧！」

「你會用靈刃嗎？」天瑾問。

樓厲凡愣了一下，他剛才只知道用靈力去直接衝撞，卻沒想到可以割……他伸出左手，手掌上泛出了淡色的白光。

他將左手高高舉起，用力砍下——

「靈刃！」

「喀嚓！」

那東西立刻就斷了。

失去了根源的樹根在樓厲凡的脖子上萎縮，很快消失了。然而，樓厲凡沒有發現在自己砍下的同時，天瑾的臉上一瞬間出現痛苦的表情。

他接著要去砍天瑾身上的樹根，天瑾卻阻止了他。

「先把霈林海弄出去，他不出去的話，我出不去的。」

樓厲凡雖然看不出來她說這話的根據在哪裡，不過既然她都這麼說了，那就先救霈林海好了。

霈林海不像他只被一根樹根困住，要割開霈林海身上的東西真是有一定的難度，樓厲凡像個木匠一樣滿頭大汗的用靈刃切割了很久，好不容易才將霈林海從樹根的監獄裡拖出來。

期間他只顧著埋頭做事，完全沒有發現天瑾陰沉的臉上不時露出的疼痛神情。

最後，他舉著靈刃想再去切割天瑾身上的東西，天瑾卻再次阻止了他。

「怎麼！妳不想走嗎？！」

「不……不是……」天瑾看來有些難以啟齒，她沉默了一下，才說道：「其實……你發現了嗎？剛才這些東西只要一被你切斷，末端就會萎縮……」

「對。」

「那是因為它們失去了母體的關係……」

「母體……？」

天瑾苦笑：「你看看，它的根在哪裡？」

樓厲凡呆愣，良久之後他使勁抓住她的肩膀大吼：「難道……難道妳已經被……妳是母體？！是這個意思嗎！這些東西已經植入了妳的身體？！」

「說母體，其實說『營養物』比較適合。」天瑾說：「那些東西是從住在這裡的妖怪『意識』中生長出來的，用我的靈能源做養分，以達到最大的攻擊和囚禁效果。」

她沒有說的是，在樓厲凡切割那些東西的時候，疼痛感一直從那些東西傳遞到她身上。儘管疼痛難忍，但她認為這是能夠救他們兩個的唯一辦法，如果他們都無法獲救的話，那她就更沒希望了，所以她不打算說。

「意識？這裡的妖怪到底是……」

「這裡的妖怪，是鏡魔。」

鏡魔，雖然稱為「魔」，但其實是妖怪的一種，據說在現今的世界上只有寥寥幾十隻，屬於極度珍稀類妖怪。它們居住的地方很神秘，一般認為是鏡子裡或者陰暗潮濕的地方。它們能映照出人的記憶、夢想、心情、意識等等，一般不主動攻擊人。

「鏡之道就是鏡魔所居住的地方，很久以前它們就在這裡居住了。它們如果需要出去外界的話，就必須留有一個『替身』，這樣它們才能從鏡之道出去，並保證自己回得來。有一個替身就可以有一個鏡魔出去，現在有我們三個替身，可能外面已經有三個鏡魔了吧。」

「原來是這樣……」樓厲凡鬆了一口氣，「沒關係，我們有通道！我讓蘇決銘支持著他的通道，只要我們四十分鐘之內能回得去就行。」

天瑾攤了攤手，「可是……如果沒有替身的話，我身上的東西是解不開的。」

這一次，樓厲凡是真的呆愣住了。

對鏡魔來說，替身是開啟鏡之道的鑰匙，以及讓它們回來的引導。可是對於被抓進來當作「替身」的人來說，自己的「替身」卻是讓身體重獲自由的重要關鍵。

霈林海看了看錶，上面顯示他們進來已經有二十多分鐘了，再有十多分鐘，和蘇決銘約定的時間就要到了。

他從剛才聽他們的談話開始就一直在想解決的辦法，但是他的經驗實在太少了，無論怎麼想都盡是一些荒謬的方法，但現在既然無計可施……說不定，他的辦法會有效！

「厲凡！」他拉著樓厲凡的手臂在他耳邊道：「她剛才說那些東西是透過吸食她的靈能源而生存的，那麼那些『根』肯定是在靈力經絡裡吧？我們能不能這樣……」

樓厲凡靜了一下，說道：「這是一個很好的辦法，不過……一定會很痛。」

「啊？」

樓厲凡看向天瑾，道：「剛才霈林海提出了一個方法，雖然有點奇怪，不過我想說不定能奏效。我們兩個同時向妳的體內輸入靈力，妳不要抵抗，讓我們用靈力把那東西擠出來，妳看怎麼樣？」

「這倒是一個好辦法。」天瑾乾脆的回答。

「但是，會很疼……」

靈力被迫輸入時會異常疼痛，痛得心臟驟停的人也不是沒有，有過那種體驗的人都會聲明自己就算死也絕對不願意再經歷一次。不過，如果輸入者和被輸入者之間的能力波長相近的話，就不會有這種問題了。

然而，最大的問題在於，樓厲凡和霈林海都與她的靈力波長完全不同。

「我知道。」

「妳……」

「沒時間了，快點吧。」

她如此毫不顧忌，反而是樓厲凡開始顧慮重重，他搭上她的左肩，讓霈林海搭上她的右肩，對她道：「如果實在無法忍受的話就叫出來，我們馬上收手。」

天瑾沒說話，閉上了眼睛。

樓厲凡將力量從「左背明」緩緩輸入，而霈林海收回手指火光，將力量從她的「右背明」

輸入，兩股力量自她的經絡漸次向下蔓延，天瑾的身體跟隨著力量下降的方向喀喀作響，她的眼睛一直閉著沒有睜開，在黑暗中，她額頭上的汗珠滾滾而下，身上的衣裙全部濕透了。

力量到達她腰部以下的位置時，果然受到了強烈的阻礙，那不是來自於她，而是來自於纏繞著她的那些「東西」。

很幸運，那些東西只接收她的力量，而對於他們兩個的力量異常的排斥，他們先是試著各個擊破，後來發現這樣作用不大，只會延長天瑾的痛苦，因此將靈力在經絡中扭成一股，順著既定的方向開始強行突破。

只是靈力的輸入就已經很痛苦了，更何況還有與「異物」之間的對抗？天瑾的臉色白了又紅，紅了又青，身上的衣服濕了一次又一次，此時她最慶幸的就是那兩個人看不見她的情況，否則他們一旦收手，一切就前功盡棄了。

「還差一點……」樓厲凡喃喃，忽然大叫：「霈林海！就是那裡！一鼓作氣！快！」

天瑾的身體發出一陣可怕的喀嚓聲，她終於忍不住，尖聲慘叫起來。

黑暗中，燃起了一朵小小的火苗。

天瑾臉上沒有半點血色，整個人如同從水裡撈出來一樣，頭髮也被汗濕糾結成團，她無力的靠在樓厲凡身上。她身上糾纏著的那些樹根狀物已經全部枯萎，在被火光照到之後，慢慢的消失了。

「喂……樓厲凡……」

「幹嘛？」

「其實，我的能力才是最沒用的……對吧……」

「妳發什麼神經？」

「預感……」天瑾看著火光，眼睛幾乎都快閉上了，卻還是用耳語一般的聲音低低的說道：「只有能夠改變結局的時候，預感才有它的意義……可是我所遇見的災難，卻是預言得再準，也無法改變它的結果。既然這樣，我擁有預感又能怎樣呢？該失去的還是會失去，躲不過的東西仍然在那裡。」

「自從擁有了預感之後，我就開始了每天的擔憂。啊，明天我身邊的人會這樣，後天我身邊的人會那樣……可是我躲不過，就算提醒了也躲不過……甚至有時候，我以為明明躲過了，它卻又換了一種面目再次出現在我的面前……」

「命定的東西就是命定的……我甚至不知道我是不是還需要努力，反正都是命定如此了，就算某些事情我不去做，它的結果依然是這樣子，那我還活著有什麼用處呢？有什麼意義呢？為什麼要去學笑？我笑不出來……我笑不出來……」

「妳想得太多了。」樓厲凡將天瑾橫著抱了起來，「所謂的預感，就是讓妳有準備。就算是同樣的結果，在承受災難的時候妳也能有比別人更加清醒的頭腦。」

「的確，既定的命運是難以改變，但妳還是幫助了不少朋友對不對？有很多人到現在肯定依然還很感激妳，因為妳的預感至少對一部分人發揮了作用，妳救了他們。所以重要的是要告訴自己『成功了多少』，不需要拘泥於『沒有成功』的事情上，這樣妳會發現原來妳做過了很多有用的事情，這是妳的能力給妳帶來的福氣，為什麼還要自尋煩惱？」

「福氣嗎？福氣嗎……」天瑾忽然低低的、嘿嘿笑了起來，「福氣嗎……已經很久了，沒想到我的能力可以和這兩個字聯結在一起了啊……呵呵呵……」

那是天瑾唯一的一次在他們面前露出「不是冷笑」或者「皮笑肉不笑」的笑容，儘管很淡，畢竟笑了。

可惜後來他們的這段記憶被人封印了起來，他們也就一直沒能想起來告訴她，其實她笑起來真的很美、很可愛。

「謝謝……」

※◆◇◆◇◆◇◆※

跟隨著感應線的引導，樓厲凡和霈林海交替抱著天瑾在黑暗中跌跌撞撞的跑著。

其實鏡之道的空間分為兩層，上層是他們進來的那一層，稱為「無」，下層是他們被拖入的那一層，被稱為「暗」。兩個空間其實是交錯著的，如果有光的話會被視力擾亂判斷，因此不能使用「光」，只能在黑暗中前行。

鏡魔唯一會使用的能力就是剛才用在他們身上的那一招，一旦失敗，它們會蟄伏起來，不再進行攻擊。這是一件好事，可惜現在就算沒有阻礙，他們也很可能趕不上和蘇決銘約定的時間了。

「厲……厲凡！」霈林海抱著已經陷入昏迷的天瑾咬牙狂奔，一邊叫：「你剛才為什麼要和蘇決銘約定四十分鐘？！」

「因為他的能力只能維持四十分鐘左右。」樓厲凡冷靜的回答：「如果過了這個時間，我們可能就回不去了。」

「啊！」霈林海慘叫：「那你還這麼悠閒！」

「再著急又怎樣？回不去就回不去了，我都沒叫，你叫什麼？」

「這……」真是……

黑暗從眼前忽然退去，三人在眨眼之間已經回到了剛才「無」的空間。空間通道還在那裡，但是已經有了越來越縮小的趨勢。

「快！」

樓厲凡和霈林海加快了步子向空間通道跑去。

可是「無」的世界是不能和普通的世界相提並論的，比如「看見」並不表示「已經不遠了」；有時候目的地恰恰就在身邊，卻偏偏看不到。

這就是「無」的「法則」所造成的結果。

所以兩人在似乎永遠也無法接近通道的焦慮中看著通道逐漸縮小，只剩下了拳頭那麼大的空隙，現在就算他們跑過去也沒什麼用了。

他們將永遠滯留在這裡，作為鏡魔的替身，無法逃脫。直到有一天鏡之道再次開啟，並且再有倒楣鬼被吸進來……

霈林海失望的停下腳步，樓厲凡卻回頭對他厲喝：「快跑！你真的想滯留在這裡嗎！」

「什麼？」霈林海來不及驚訝，就見那空間通道驟然變了顏色，原本是黑沉沉的，現在發出了暗灰色的光芒，通道的徑面瞬間又恢復了原狀。

「來了！」樓厲凡嘴角露出了一絲微笑，一手拉著霈林海向那通道跑去。

「啊？誰？」霈林海茫然反問。

樓厲凡一指通道，彷彿是在回應他的動作一般，小女孩模樣的拜特管理員從通道中探出了頭來。

「嗨，三位親愛的，你們過得好嗎？^^」

※◆◇◆◇◆◇◆※

狼狽的兩人帶著天瑾從鏡之道鑽了出來。

羅天舞和蘇決銘迎上去接過天瑾，興奮的問道：「喂喂！看見了嗎！神秘的鏡之道！裡面有什麼？有什麼？」

「呃……裡面？」爬出來的霈林海臉色有些灰暗，一臉茫然，「呀……不知道耶……」

「啊！你們進去那麼長的時間都幹什麼了！」

樓厲凡臉上是與霈林海相同的茫然，「……想不起來了……」

「……怎麼會這樣……」

原來鏡之道的傳聞是真的……幾個人同時想。

據說，只要是活著從鏡之道出來的人，出來的瞬間，立刻就會忘記那裡面的情形。有人說那是因為裡頭居住著某種珍稀妖怪的緣故，但是究竟是什麼妖怪呢？許多年過去了，依舊還是沒有人知道。

※◆◇◆◇◆◇◆※

鏡之道內——

拜特管理員蹲在幾張影皮中間，非常嚴肅的為它們上著教育課。

「我都說過多少次了！不要抓我的學生、不要抓我的學生……你們就是不聽！是不是一定要抓到能控制你們的妖怪才可以啊？就你們那點能力連自保都沒辦法！你們以為我這麼多年幫你們刪除被害者的記憶很有趣啊！我又不是閒瘋了！可惡……要是下次再這樣，我就把你們全部做成串燒吃掉！」

那幾張影皮乖乖的趴在那裡，老老實實的懺悔中。

「對了！跑掉的那三個呢？！那三個哪裡去了！該死的！」

管理員拜特開始暴跳，她怒吼著：「居然敢不聽我的話！看我抓住它們會不會全部吃掉！氣死我了……」

※◆◇◆◇◆◇◆※

被輸入靈力的傷害太大，因此在那天之後，天瑾整整睡了一個星期。

她在夢中反覆的經歷著某個事件，雖然醒來之後完全想不起來到底是什麼事，但是她始終記得，在夢中有一個人用柔和的聲音對她說過的那番話——

「……所以重要的是要告訴自己『成功了多少』，不需要拘泥於『沒有成功』的事情上……」

——到底是誰告訴我的呢……

——真奇怪啊……想不起來了……

「喂……厲凡……我們在鏡之道裡到底發生了什麼事情？」

「不知道……」

在那之後的很長一段時間裡，樓厲凡和霈林海兩人都在重複著這種對話。

雖然隱隱約約覺得沒有什麼重要的大事，但是……如果想不起來的話，心裡似乎被強行打上了某種死結，想解也解不開。

後來天瑾也沒有再找他們教她弱項隱藏，似乎是想通了，明白那個自戀的變態其實是在報她沒說他很帥還暴扁他的仇，所以等她休養好之後，那個自戀狂很快就請了幾天假，據說是被強盜打傷了。

然後，某一天，某個地點——

樓厲凡和霈林海往圖書館走去，天瑾往他們相反的方向相對而行，在擦身而過之際，她忽然回過頭來。

「喂——謝謝你們！」

兩人疑惑的回頭看著她。

天瑾那張始終未變的陰沉臉也露出了困惑的表情，她想了想，說道：「其實我也不知道我為什麼要對你們道謝……不過我只感覺到，嗯……我應該道謝。」

「是嗎……」樓厲凡和霈林海互相看了一眼，笑起來，「沒什麼。別在意了。」

對，不用在意了，因為在她說出那句話的同時，他們忽然覺得那個好像被忘記的事情一直忘下去也沒關係了，無所謂了。

在心裡的那個死結，忽然被某隻手一拉，全部打開了。

另一邊，管理員拜特抱著一隻玩具熊貓，躺在躺椅上前後搖晃著，嘿嘿笑了起來。

第7章

聖誕舞會的客人

今天是十二月二十日，距離平安夜和聖誕節還有不到一個星期的時間。

拜特學院和以往的每一年一樣，一到這個時候就忙得雞飛狗跳，甚至比入學式和畢業式還要更忙。因為在拜特學院裡，聖誕節活動並不是專為本校人員舉辦的，活動當天的參加者還包括其他學院的重要人物，以及某些和「學院」這種東西看來根本沒有任何關係的傢伙。

這裡是變態群居的地方，和這裡有緣的，大多都和「變態」二字有著多多少少的連結關係，沒事便罷，可如果不小心怠慢了這些人中的任何一個，那絕對就是大、大、大問題，釀成騷亂是小意思，造成戰爭也不是不可能。

更麻煩的是，那些客人往往和校長有著千絲萬縷的聯繫，常常以「想儘快看到拜特這位好友」這種冠冕堂皇的理由提前來到拜特學院，並且在冠冕堂皇的理由消失之後依然賴在這裡不走。

而他們的目的大多只有一個——鬧事玩。

所以在接待方面大家要小心再小心，時刻警惕任何會導致騷亂的蛛絲馬跡，尤其是那種打算閒了就鬧事玩的客人。

※◆◇◆◇◆◇◆※

雪下得越來越大，好像銀粉一樣刷刷的往地面掉落，當落到人身上的時候，似乎還能聽得到它和人體之間發出的很大的碰撞聲。

宿舍樓外一處被開闢成練功場的地方也已經有了厚厚的積雪，平日清晨總有人到這裡來修煉對戰，但是在這種雪天，只要是沒有課程的學生都去睡覺了，誰也不會在這裡多待。

……不，當然有人願意。

現在練功場上總共有兩個人——更正，不是「人」，而是旱魃或吸血鬼，其中一個在揮舞著長刀練功，另外一個穿著暖和的毛皮大衣望著天空發呆。

「馬上就要到聖誕節了……」那個發呆的——東明饕餮向自己的手呵了一口氣，看著飄然下落的雪花說道。

「我討厭聖誕節。」收起最後一式，長刀回轉，在手肘處消失，東崇抓一抓自己被雪和汗弄得濕漉漉的頭髮，冷冷的說。

東明饕餮看著他的臉靜了一下，忽然抱著自己的肚子開始狂笑。

「對了對了！我差點忘了！你是旱魃啊！旱魃怎麼會喜歡神出生的節日！哈哈哈哈哈哈哈哈……」

「你也是。別忘了。」東崇狠狠說道。

東明饕餮再靜。

「東崇你欠揍是不是——！」

甩掉大衣，他向東崇勇猛地撲去，兩人在雪地上像街頭流氓一樣開始互相廝打。

※◆◇◆◇◆◇◆※

與此同時，帕烏麗娜副校長正坐在她的辦公室裡，手裡抱著一個古老的手搖式電話，一雙美腿高高的翹在辦公桌上，身體靠著搖椅前後搖晃。

「……你說他會老老實實嗎？雖然我特地把他打成殘廢了，但是誰知道……」

她靜了一下。

「嗯，沒錯，所以我想要你幫忙，請糾察隊……付錢？我會付錢嗎？……啊呀～～我知道我知道啦！不過我沒錢就是沒錢！你也是副校長！不要以為現在當了大法官就可以逃避校內事務！反正我不會給錢的，你一定有辦法對不對？……嗯哼，我就知道，好啦～下次請你吃火鍋……我知道，我自己做！我做給你吃，好不好？……嗯，好，再見。」

放下電話，帕烏麗娜嘆了一口氣，望向窗外紛紛揚揚的雪花。

「為什麼又是聖誕節呢……」總感覺到心力交瘁……

「篤篤篤。」敲門聲響起。

帕烏麗娜把腿從辦公桌上放下來，整理一下自己的衣裙，又看看辦公桌左面的穿衣鏡，確認沒有問題後才說：「進來。」

「帕烏麗娜。」

進來的人有著一副十七、八歲少年的外表，他身穿醫生袍——不過是黑色的——吊兒郎當的叼著一根菸說：「那傢伙越來越發瘋，現在已經快把我的辦公室掀掉了，害得學生們不敢來看病，妳說怎麼辦吧？」

帕烏麗娜覺得自己的頭又開始痛了，她按了按開始突突跳的太陽穴，裝出一副微笑的臉說道：「你說怎麼辦呢？嗯？你是偉大的校醫吧，把他殺了吃了埋了賣了都行，只要別讓他人發現。好了，我還有很多事情，別再拿他來煩我！」

「……」校醫把菸在手掌心上壓滅，表情好像在冷笑又好像在幸災樂禍，「很久沒見到妳這樣了呢，麗娜，因為聖誕節？別這麼鬱卒嘛，每年的聖誕節不是都很熱鬧？哈哈……」

帕烏麗娜一個筆筒砸過去，他身後的牆壁上多出了一個洞，他立即息聲。

「我就是討厭聖誕節那麼熱鬧！」她陰狠的用力說道：「我討厭這個變態學院！我討厭每年的突發事件！我討厭那群該死的賓客！我討厭……總之一切都很討厭！平時我可以裝得好像淑女一樣，但是這幾天無論如何也不可能！你馬上給我滾！否則現在就殺了你！」

校醫聳肩，優雅的躬身，退出，反手關門。

「啊……好凶好凶。」他得意的拍了拍心臟部位，做出一副害怕的模樣，隨即用一種非常變態、非常討厭的聲音細聲尖笑了起來，「哦呵呵……看來妳真是很惱火吶，麗娜美人。雖然我們有不同的性格，不過都是從一個人身上……哦呵呵呵……雖然我不像那傢伙一樣喜歡自己去親自胡鬧……呵呵呵……可是我也很喜歡熱鬧……」

教學樓陰暗的長廊上，尖笑的校醫瘦長的身影像冰一樣融化、消失。

一秒鐘之後，校醫已經出現在校醫室裡。

此時的校醫室一片狼籍，桌子和椅子全部翻倒在地，醫療器械以及法術器械也丟得到處都是，有個用繃帶纏得像木乃伊一樣的傢伙被綁在床上，可惜床並不在地上，而是在木乃伊的背上。

這個傻瓜正揹著床像一個真正的木乃伊一樣左右跳躍，同時用很難聽的聲音大叫：「啊啊啊──我要去參加舞會！我要去！我一定要去！放開我──舞會啊──美女啊──熱鬧啊啊啊──熱鬧就是重在摻和啊──」

「是重在參與。」校醫糾正。

平安夜的晚上，在拜特學院萬鬼樓的第四十九層將有盛大的舞會。這是校內學生以及校外變態一直期盼著的盛會，因為除了其他的一些原因之外，對「某些人」來說，這是難得可以狠狠大鬧一場的機會。

那變態看見了校醫，向他跳了過去，「啊啊啊啊！親愛的！你會讓我去的對不對？我知道你一定不會拒絕我的要求的！你也喜歡這種盛會啊！這是我們生命的追求！對不對？你放了我吧！啊啊啊啊～～」

「你休想。」穿著黑色醫生袍的拜特校醫優雅的取下夾在嘴角的菸，噗的向他吹了一口氣，嗆人的菸味把那變態吹了個咳嗽幾聲，「帕烏麗娜剛才說了，為了大家的辛勤成果，這次的舞會你絕對不能去，否則就殺了我。」

「什麼叫為了大家的辛勤成果！什麼叫為了大家的辛勤成果！」那變態繼續叫囂：「我們的舞會秉承的原則就是公平公正！你們不讓我去就是歧視！種族歧視！我要告發你們！」

校醫又向他吹了一口煙，那變態再次咳嗽起來，這回咳得連肺都快咳出來了。

「你去告，我看你往哪裡告。現在世界靈異高等法庭的大法官是雪風副校長，我倒想看看你到他那裡告帕烏麗娜能不能勝訴。」

那變態語塞。

一會兒，他在床上打起滾來，「我要去參加舞會啊啊啊啊啊～～我是校長！你們不能這麼對我！哇啊啊啊啊啊──」

校醫沒有太多的反應，只一挑眉，聳肩。

「居然和『你』是同一個人，我還真是不幸吶。」他冷淡的說：「不過我們的特質就是……別人越不讓做的事我們就越是一定要去做，對不對？哼哼……」

他的手微微一彈，那變態身上的繩子有一半的纖維都斷裂了。

那變態毫無所覺，還在繼續跳著。

※◆◇◆◇◆◇◆※

「對了──」鼻青臉腫的東明饕餮坐在同樣鼻青臉腫的東崇肚子上，有點納悶的說：「好像去年的時候你沒這麼討厭聖誕節嘛。是因為要在我面前隱瞞旱魃的身分嗎？」

東崇呼哧呼哧的喘著氣，聲音由於肚子被壓的緣故而顯得非常沒力，「我不是討厭聖誕節……我不喜歡聖誕節，但還沒到討厭的地步……呼、呼……你以為你的體重很輕嗎！呼……呼……壓死我了！快給我滾下去！」

「啊啊啊，我是如此如此如此想知道啊～～」東明饕餮不僅沒下去，反而狠狠又坐了幾下，「告訴我吧告訴我吧！我會保密的！是不是有什麼特殊的緣故？哈哈哈哈……」

東崇覺得自己真的要斷氣了。

「你……你給我下去……呼……我說……你下去我就說！」他氣息奄奄的說。

「好！」東明饕餮很爽快的從他肚子溜到雪地上坐下，「快說吧！我聽著！」

肚子上的秤砣沒了，東崇這才狠狠的喘了幾口氣，總算沒真的死掉。雪還在下著，落到他的臉上和身上，慢慢的融化。

「我知道今年她會來……」

東明饕餮的耳朵豎了起來，「誰誰誰？！誰會來？！你說誰會來？！」

東崇用手捂住眼睛，好像在悲嘆，「我知道她受到邀請了，這次一定會來的。如果可以的話我不想碰到她……」

「到底是誰啊！」東明饕餮死命揪他的領子問：「說啊說啊！是你的情人對不對？！她叫什麼名字？是人類嗎？還是其他的什麼？！」

東崇放下捂住眼睛的那隻手並抓住了東明饕餮的手腕，看著天空的眼神顯得很悲哀。

「是，她『曾經』是我的情人，不過……」

「不過？」

東崇泫然欲泣，「她也是我的噩夢！」

「啥？」

不太多說話的東崇忽然變得滔滔不絕起來，「饕餮，你知道整天被一隻巨大的貓壓在身上是什麼感覺嗎？你知道每天都被迫吃生肉是什麼感覺嗎？你知道押著一隻巨大的貓洗澡是什麼後果嗎？你知道我只要和別的——不管是雄性生物還是雌性生物——說一句話會有什麼後果嗎？你知道每天都被吃醋的貓抓一臉的血印子有多痛嗎？你——」

「等一下！」東明饕餮拍拍東崇激動得上下起伏的胸膛，「你是說你的情人，還是在說你的寵物貓？」

「我才不會養那種寵物！」東明饕餮憤怒的說：「她是我的情人！但我不想和她分手，我只是想說讓我們分開一段時間冷靜冷靜，結果她就差點殺了我——」

東明饕餮理解的拍拍他，安慰道：「好了，我大概知道了，反正你在你情人的面前很悲慘就對了。哦……你那個情人叫什麼名字來著？貓……難道是妖怪？」

「沒錯。」東崇沉痛的點頭，「她的確是妖怪，是一隻山貓。她的名字叫……」

「她叫什麼？」東明饕餮伸長了耳朵。

「……愛爾蘭，她的名字是愛爾蘭。」

零度妖學院如今的校長——愛爾蘭。

※◆◇◆◇◆◇◆※

一輛飛行氣墊車無聲的滑行到貴賓停車處門口，慢慢的降落到地面上。

先下來的男子身穿金線繡製的白色長袍，一頭銀灰的長髮束在腦後，頭部兩側本應長有雙耳的地方有一雙毛茸茸的獸耳垂下來。從另外一邊下來的是一位十三、四歲的女孩，圓圓的臉好像貓一樣，棕花色的頭髮高高束起，一直垂到腰際，身上穿著白色蓬蓬裙，一條和頭髮同色的細長尾巴在裙襬下面時隱時現。

這兩個人的特徵明確昭示了他們並非「人類」而是「妖」的特質。如果他們出現在別的地方或許會引起圍觀——因為妖怪的數量並不多，可是在靈異類學院中卻並不稀奇，所以他們的出現並沒有引起任何騷動。

停車場的兩位迎接式神走上前，向他們微笑迎禮，「兩位好，請出示身分證明或本校的邀請函。」

「我們是零度妖學院的校長和理事長。」男子取出手掌大小的黑色邀請卡在迎接式神面前一晃，「這輛車就麻煩你們了。」

「歡迎二位的光臨，祝你們玩得愉快。」說著禮儀上的迎接辭，一位式神向氣墊車微微一勾手指，氣墊車便倏地離開了地面飄浮起來，那式神邁步離開，氣墊車跟隨在他身後滑行而去。

「我好像還從來沒有參加過人類的聚會呢。」愛爾蘭有些興奮的拉住貝倫的袖子說道。

愛爾蘭的外表只有人類十幾歲的小女孩那麼大，站在高大的貝倫身邊，她的身高只到貝倫的腰際。兩個人如此站在一起的時候看來就像一對父女。不過，其實她的年齡比貝倫小不了多少，只是因為喜歡這個外表，所以才保持這個樣子——也就是說，這其實並不是她原本的模樣。

貝倫皺眉，「理事長，不要拉我的袖子，這樣太難看了。」

愛爾蘭看看貝倫的臉色，訕訕的放手，「幹嘛這麼凶……是你自己說要來這裡的……」

「我不是在怒這個，明白嗎？」貝倫的眉頭始終舒展不開，就好像被什麼鎖住了一樣。他很嚴肅的說：「我對來這裡沒有什麼不滿，我不滿的是妳。我都說過很多遍了，既然我出來，那妳就必須留在家裡，否則一旦出事會沒人處理。妳為什麼還要跟著來？」

愛爾蘭聳了聳肩，「哦，反正你的邀請函是可以附帶一位女伴的，不來白不來。」

「我為什麼不願意和妳一起來，妳難道不知道？！」一直相當溫和的貝倫終於有些發怒了，「因為每次只要有妳參加的聚會就是一團糟！我警告妳，愛爾蘭校長！這一次妳休想沾染半滴酒精，否則一切後果——我不會再幫妳收拾爛攤子了！」

「知道了知道了。」愛爾蘭對他的警告毫無興趣的掏掏耳朵，另一隻手勾住他的手臂，雀躍的小步跳，「行了，我們可以進去了吧！聽說去年的迎接方式很有趣啊！不知道這個變態學院今年會用什麼方法迎接呢？好期待啊～～」

貝倫重重的嘆口氣，眉頭鎖得更厲害了。

萬鬼樓，看名字就知道，這裡不是給「人」住的地方。平時一般都是讓到拜特學院出差或學習的妖魔鬼怪在這裡暫居，不過更多的時候是由夜晚班學生——尤其是一些留學的鬼班同學占據這裡。

可是在聖誕節前夕，所有的夜晚班同學全部要搬到白天班的學生宿舍去住，以便將萬鬼樓空出來招待貴賓。

每到這個時候，原有的二十名式神招待人員忙得人仰馬翻，學生和教職員們也都無暇分身，因此就會由學生和教職員所擁有的式神中抽調出一部分到萬鬼樓幫忙。御嘉和頻迦也是這次被抽調出來的式神之二。

萬鬼樓，一樓大廳——

這個大廳高約二十公尺，除了中央八人合抱的巨大圓柱以及圓柱上螺旋攀爬的木質樓梯外，沒有任何遮擋與支撐。由於前後樓體並不連接，所以中間有一個玻璃製成的「～」形將這太極形樓體分隔開來。前半部分是迎賓接待處，後半部分從一樓開始為接待賓客的房間。

「Holy, holy, holy, merciful and mighty!」

剛剛一腳踏入萬鬼樓的大門，裡面驀然傳出的美妙唱詩聲就把愛爾蘭推得向後翻了個跟頭。跟她在一起的貝倫要好得多，沒有摔倒，只是趔趄了一下。

「God in three Persons, blessed Trinity!」

剛站起來的愛爾蘭又被推出了一公尺多遠。

推他們的當然不是「人」，而是「歌詞」和「旋律」本身。從敞開的門口可以清楚的看見萬鬼樓一樓大廳的情形，現在那裡正有二十二名背靠旋梯環繞站立的白袍少女，每人手中拿著一本唱詩集在大聲歌唱。

凡是讚美神的歌曲都有驅妖降魔的力量，這一點與樓厲凡以前用《聖經》驅鬼的方法相通。可是一般沒有人會在自己邀請了妖怪或者魔物之後還在招待場所唱這種歌——除非有仇或有病。

「Casting down their golden crowns around the glassy sea……」

愛爾蘭好不容易才再次爬起來，憤怒的看著門內唱詩的女孩們。

「這……就是今年的迎接方式？！」她咆哮。

貝倫很快就適應了歌聲，若無其事的站直身體，學她的樣子聳了聳肩，「如果妳以為每年都會有不同的帥哥前來迎接，那妳就錯了。」

去年的迎接方式是每個女人都會喜歡的——兩排帥哥以中國古禮跪迎，口中高呼歡迎光臨。這讓去年前來參加的女人們欣喜若狂，卻讓大多數可憐的男客人被比了個毫無光彩。當然，能夠作為迎接用的男性式神並沒有那麼多，所以當時的「男性」式神中有很多都是女性式神幻化的。

不過誰在乎呢？就算是假的，她們也喜歡。

「Holy, holy, holy! All the saints adore Thee, Casting down their golden crowns around the glassy sea; Cherubim and seraphim falling down before Thee, Who was, and is, and evermore shall be……」

多麼美妙的歌聲，但是在愛爾蘭的耳中卻和那些令人討厭的咒術無異。愛爾蘭又被逼退幾步。

就如東西方的驅魔術完全迥異一樣，東西方的妖怪所害怕的東西也完全不同。東方的妖怪最害怕的是梵唱，西方的妖怪最害怕的是唱詩。當然不是說相反的情況就不能成功驅魔，假如力量夠強勁的話，只需要其中一種就可以壓制東西方所有妖怪——甚至包括人類。

然而，這個「力量夠強勁」是一個很模糊的標準，迄今為止還沒聽說過有人能達到這個效果。

貝倫雖然有一個很「外國」的名字，但那是源於他狼族的傳統取名方式，他本身屬於東方，所以西方的唱詩對他沒有太大的作用。而不幸的愛爾蘭則是一隻血統純正的西方山貓，這種歌聲簡直是在要她的命！

現在這種情況是貝倫求之不得的，他很紳士的扶起再次被推倒的愛爾蘭，體貼道：「既然不喜歡這種歡迎方式，那妳就回去吧，怎麼樣？」

「不要！」愛爾蘭憤憤的甩開貝倫的手，驟然提升妖力，幾道銀白色的光芒出現在她身體周圍，砰的一聲炸裂散開，好像薄霧一般上下流轉。歌聲撞擊到那些薄霧，化作咒符樣的符號叮叮噹噹的落在地上，隨即消失，「我就不信我還對付不了這些東西！」

「不過愛爾蘭……」

貝倫想說什麼，可是愛爾蘭校長女士根本不想聽他說，大步的就走了進去。

一個長髮和一個短髮的女式神向愛爾蘭微笑低頭，「歡迎光臨，請出示您的邀請函或身分證明……啊！」

長髮女孩伸出的手觸到了愛爾蘭身周的薄霧，只聽劈啪兩聲，彷彿有雷電閃過一般，那女式神被撞得猝然倒飛了出去。

貝倫嘆氣，「我就知道……」

他向女式神飛出的身影一揮手，女式神在半空中停住，又隨著他招手的方向輕盈的飛了回來。他的手向下輕扣，女式神漂亮的落到地上，短裙被風吹得微微飄起了一角。

「頻迦！妳沒事吧？」短髮的女式神跑過來拉住她的手，向貝倫一低頭，「多謝！請問您是？」

「零度妖學院理事長貝倫，以及校長愛爾蘭。」貝倫向她們出示邀請函，微笑。

兩個女式神的眼睛立時化作了桃心狀。

「好帥——！」

「好帥哦——！」

真是毫不掩飾的誇獎……崇尚含蓄之美的貝倫微微有些汗顏。這麼長時間沒有與人類接觸，人類（式神）女孩們什麼時候變得這麼豪爽了……

兩位女式神只顧著讚嘆貝倫的容貌，根本把要帶他們去房間的引領工作忘記了。不過這種情況對貝倫來說太常見，他只要放出誘惑之術隨時都可以達到這種效果，所以他並沒有什麼特別的反應，只是又笑了笑。

幸而一個引領的男式神走過來做出請的姿勢，貝倫抓住愛爾蘭的肩膀，跟著男式神一起往旋梯處而去。

那兩個女式神依然在原地，看著貝倫的背影迷醉的叫：「好帥帥帥帥啊～～」

「愛爾蘭！」貝倫溫和的微笑著，但低沉的聲音卻是不容置疑的嚴厲，「我會幫妳阻擋歌聲，妳給我把防護壁去掉！妳知道妳的防護壁被式神碰到是什麼結果嗎？嗯？要不是剛才那個式神身上被人用極高的靈力做了加持功，現在早已經魂飛魄散了！」

那兩個迎賓的女孩就是樓厲凡的式神，御嘉和頻迦。

原本以她們的能力是不可能隨意脫離樓厲凡的，但是這次情況特殊，萬鬼樓的招待式神不夠用，只有把她們兩個拉上湊數。為了讓她們能夠脫離樓厲凡自由行動，霈林海用他的超能力為她們做了加持功，簡單的說就是充當了一回為電池充電的電源，沒想到這竟然救了她們一條命。

愛爾蘭憤怒的咬著下唇，薄霧在她身周流轉了兩圈之後從上而下逐漸消失，貝倫身上洩漏出淡淡的灰色光氣，代替薄霧消失的方向緩緩將她罩在裡面。

「三百多年！我可從沒這麼狼狽過！」愛爾蘭氣憤的低聲說。

貝倫想說「這是妳一定要跟來的後果」，但是現在並不是說出這句話的時機，否則這隻貓立刻就會暴跳如雷了。

「Holy, holy, holy! though the darkness hide Thee, Though the eye of sinful man Thy glory may not see; Only Thou art holy; there is none beside Thee, Perfect in power, in love, and purity. Holy, holy, holy! Lord God Almighty!……」

越接近，歌聲就越響亮，但是愛爾蘭已經聽不到了，因為她正被貝倫的妖力關在結界裡面，外界的聲音和咒唱的力量絲毫滲透不進去。再過兩百年，她說不定也能擁有像貝倫這種完美結界的能力，可是她只會用防護壁，那種防護壁的副作用正像剛才貝倫說過的那樣，對靈體傷害極大，在全部以式神作為接待人員的萬鬼樓是不宜使用的。

走上旋梯，歌聲立刻就消失了。貝倫看看旋梯的扶手，發現那上面被人鏤刻了靜符，聲音因為靜符而無法進入，於是便放開了她身上的結界。

愛爾蘭長長的吐出一口氣，「真是憋死我了……」就算是保護性的結界，只要不是自己設立的，身在其中就絕對不會舒服。

「沒事吧？」

「沒事。」愛爾蘭整理一下自己的衣裙，不太高興的說：「這次的迎接方式是不是又是那個變態弄的？該死的……早知道上次直接把他那兩個學生吃掉，然後就可以名正言順的把他賣了！」

「他那兩個學生啊……」想到那兩個學生，貝倫就覺得很想笑。

可憐的孩子們——尤其是那個「女孩」，明明是男生卻被迫打扮成那樣。明顯看得出來他為此極度的憤怒和不習慣，可是在不情願中，居然能在他慣性放出誘惑之術時對他做出了反術，真是個有趣的傢伙。到後來，還以「女孩」的身分之便拙劣的想接近他，用盡方法想偷走他的東西、在他的牆上挖了洞、搜索他的房間……

他貝倫可不是小孩子能騙住的，牆上那麼大一個洞——那種程度的封印對他來說就像紙一樣薄——房間裡又殘留了那麼多意念，還沒進去就聞得出來。

無論是什麼動物，最討厭的就是自己的窩裡留下了別人的「氣味」。如果是別人的話，他早就發怒了，可是這次他沒有，他只覺得有趣。

所以他縱容了他們兩人的行為，直到最後一刻，在完全沒有防備的情況下讓那張賣身契被偷走。

他沒有想到那兩個孩子會潛伏在那裡，他的鼻子沒有聞出來，更沒有感覺到他們的氣息。這一點真是令人嘉許，以他貝倫的力量來說，兩個人類的孩子存在於那裡的「感應」應該是不會被他漏掉的，可是他偏偏漏掉了，也因此輸了那個賭。

然而，嘉許是嘉許，貝倫的字典裡可沒有「有仇不報」這個詞，既然他被耍了，那麼就一定要把對方耍回來才行！在此之前，他是絕對不會丟掉自己被耍的記憶的！

※◆◇◆◇◆◇◆※

晚上十二點直到凌晨六點期間，比較「正常」的客人就不會來了。所以凡是這期間光臨的客人必定都是有些問題的，為了避開他們，這段時間內所有低階式神必須全部回到自己主人那裡，由中級式神進行迎接工作。

貝倫推開愛爾蘭房門的時候，發現那隻山貓正臥在窗臺上，異常幽怨的看著窗外碩大的雪片。御嘉和頻迦正飄然走出萬鬼樓的大門，從她這裡看下去，那兩個式神就好像兩個細小的影子，不甚清晰的映在她的貓眼中。

「愛爾蘭？」

「貝倫……」山貓的腦袋平平的趴在窗臺上，眼神很悲傷，「我是不是不夠可愛？」

「嗯？」這隻山貓發燒了嗎？貝倫想這麼說，但是怕她和他沒完沒了，只能敷衍的安慰幾句：「呃，不會。愛爾蘭妳是美女，不管以山貓來說還是以人類而言。」

「但是他為什麼要逃走！」

嘎吱嘎吱幾聲極為難聽的聲音從牠的爪子底下傳出來，貝倫被那聲音弄得寒毛直豎。不過，當然還有比他更倒楣的，牠爪下的窗臺被牠抓出幾道深深的溝槽，幾乎挖穿了那石頭做的平臺。

「他為什麼對我避而不見！為什麼就願意照顧那個該死的小孩一輩子！那個小孩有我漂亮嗎！有我可愛嗎！我不甘心！我不甘心！」

如果她的爪子再狠狠抓幾把的話，貝倫覺得自己就快要崩潰了。他走到她身邊，一隻手蓋上她的爪子。

「好了，這種事不是這麼比的。拜特在告訴妳關於他的消息時，沒有告訴妳更重要的事情嗎？」

「什麼事情？」山貓疑惑的問道。

「他們兩個現在是生命共通體，所以不是他願意照顧那小孩一輩子，他是沒有辦法。妳也不用為這種無聊的事情吃醋，只要和他好好溝通，讓他回到妳身邊不就好了嗎？」

「不要。」斬釘截鐵。

貝倫：「……」

「我為什麼要跟那個負心漢溝通！我才懶得和他復合！現在對我來說最重要的是要讓他知道甩掉山貓愛爾蘭是什麼後果！我要讓他後悔！讓他跪在我腳下求饒！對了，那個小孩我也要一起殺掉！殺掉！哈哈哈哈——」

貝倫搖頭，為那個可憐的傢伙默哀一秒鐘。他摸摸愛爾蘭毛茸茸的腦袋，又拍拍她的脖子，她發出舒服的咕嚕聲。

「行了，不管他怎樣吧，今晚妳就能見到他了。拜特學院的學生都必須來參加舞會，如果不參加就會被扣學分不是嗎？到時候妳想把他怎樣就怎樣，我不會干涉妳。」

「真的？」山貓的眼睛裡射出了感動的光芒，「貝倫！我好好好好愛你！」

「不過不許喝酒。」

「……」山貓蜷起身體，看來又開始鬧彆扭了。

※◆◇◆◇◆◇◆※

御嘉和頻迦回到宿舍時，樓厲凡和霈林海剛剛實習回來。樓厲凡正在浴室洗澡，霈林海坐在電腦前面準備第二天的課程。

看見兩個穿透牆壁飄進來的式神，霈林海笑著向她們打招呼：「御嘉、頻迦，今天的迎接工作怎麼樣？有沒有見到什麼有趣的人？」

「什麼有趣的人呀，累都累死了！」兩位式神分別倒在霈林海和樓厲凡的床上，雙臂和雙腿極不淑女的呈大字型張開，疲憊的伸了一個懶腰。

「啊，對了，我聽說妳們兩個負責迎賓。」關上電腦，霈林海說：「這麼累的事情不是一般由中級式神擔任的嗎？」「妳們怎麼會被分配到這個工作？」

式神的分級總共有十級，低等四級，中等和高等各三級。

低等式神只能短暫脫離宿主的身體，更多的時間都以精神線相連，否則失去了宿主的力量，便可能由於力量枯竭而消失。御嘉和頻迦就屬於低等式神中的第四級，算是低等中的最高等。

中等式神可以依照自身的意願隨意離開宿主，與宿主之間的能量傳遞以精神相連，若精神波被切斷，同樣會枯竭而死。帕烏麗娜的式神就屬於這一級別。

高等式神不需要宿主，也不需要能量的補充，它本身就是可以自供的能量體，這種式神已經近乎成「精」的程度，不過現今為止，還很少聽說誰擁有這種級別的式神。

而這次御嘉和頻迦是依靠了霈林海給她們的加持功，所以才能離開樓厲凡身邊自由自在的行動。

「我們……」她們互相看了一眼，眼神飄忽，「嗯……只是……只是──只是那個叫瞿湄的管理長啦！她為難我們！」

「瞿湄？」樓厲凡穿著浴衣，一邊擦拭頭髮上的水、一邊從浴室走出來，疑惑的問：「上次幫東明饕餮的時候不是御嘉和她合作的嗎？她的狐媚香發揮了不小作用，東明饕餮還專門說要去謝謝帕烏麗娜副校長。」

說那次瞿湄的狐媚香發揮了「不小」的作用，其實是對御嘉的禮貌性讚揚。說實話，與瞿湄「合作」那件事情，御嘉根本沒有發揮什麼作用，除了找到瞿湄幫忙這件事之外，她只是一直在旁邊觀望，發揮百分之九十九的效果的只有瞿湄一個人。

御嘉咳嗽了一聲，做出一個嬌憨的表情，「呀～～誰知道呢？說不定是她嫉妒我們比她美！所以這麼為難我們！厲凡～拜託你幫幫忙啦～我們不要再做迎賓了！好累哦～～」

「少囉嗦。」別人不知道，樓厲凡還能不曉得？這兩個靠樓家大姐幫忙作弊才取得式神執照的女孩平時根本就不思進取，甚至連很多常識都不清楚，八成是哪裡沒做對而把式神前輩得罪了，否則以幻狐式神瞿湄的美貌哪需要嫉妒她們？她們嫉妒她還差不多。

他警告道：「這次的管理長是她，妳們就老老實實聽她的話，要是為了這點事妳們就給我找麻煩，以後就不要想隨便出來了！」

「厲凡～～」

「妳們叫得再甜也沒用！霈林海，快去洗澡，要睡覺了。」

霈林海拿起浴衣走進浴室，不一會兒裡面就傳出嘩嘩的流水聲。

樓厲凡把賴在床上不想離開的頻迦趕走，坐到自己的床上。

「妳們兩個要不要回來我的意識裡？不回來我可要睡了。明天沒課我打算睡到中午。」

「討厭！厲凡！」御嘉和頻迦同聲氣憤的說。

「看來妳們不打算回來，那等會兒霈林海出來妳們讓他幫妳們充電，我睡了。」拉開被子，樓厲凡倒頭就睡，沒過五分鐘就傳出了他打呼的聲音。

兩個女孩臥在霈林海的床上憤恨的看著他冷酷的背影，互相看了一眼。

「好過分！」

「嗯！所以那件事──」

「那件事……不告訴他們！」

「絕對！」

什麼事？當然是──零度妖學院的理事長也到了的事。

為了以防萬一，樓厲凡在零度妖學院臥底期間一直讓她們處於喚醒的狀態，不過因為一直沒有用到的機會，她們也就沒有出來表現。所以她們認識貝倫，貝倫卻不認識她們。

由於在妖學院的所作所為，樓厲凡和霈林海現在最害怕的就是貝倫和愛爾蘭會來找他們算帳。因此他們兩個專門向這兩位要做招待的式神說明，如果在招待期間發現那兩位妖怪出現就馬上要報告他們，好讓他們有充足的時間腳底抹油溜走。

很可惜……他忘了「唯女子與小人難養也」這句話。

「我們討厭你！厲凡！」兩個女孩向他做了個鬼臉。

※◆◇◆◇◆◇◆※

時間終於緩慢的行進到了平安夜，一切即將開始。

房間裡很暗，窗外被雪反射進來的光線讓這裡沒有變得一片漆黑。床上沒有人──不，應該說，整個房間裡都沒有人，只有一頭巨碩的白狼橫臥於地毯上，毛茸茸的腦袋擱置在前爪上，眼睛微閉，看不出牠是睡覺還是清醒。

房裡的座鐘指針走到七點四十五分的位置，白狼像能感應到一般睜開眼睛，左右看看，又用力抖了抖腦袋，站起身來，再用力抖抖身上的毛，伸伸脖子，隨即化作人類的模樣。

「到時間了……」

他走到門口，觸摸電子螢幕，門喀噠一聲打開。

拉開門，他剛想踏出去，卻有某種預感讓他忍不住縮頭，三個女巫騎著她們的掃帚帶著厲風呼嘯而過。

「哇哈哈哈哈哈——偉大的女巫！神奇的女巫！哈哈哈哈哈——」

貝倫身上的長袍被她們颳起的風吹得高高飛揚、獵獵作響，她們過去好一會兒，長袍才慢慢落了回來。

女巫永遠都是女巫……

他搖搖頭，走到愛爾蘭的門口輕敲她的門，「愛爾蘭，到時間了，愛爾蘭。」

沒有動靜。

貓科動物的聽覺系統幾乎和犬科動物同樣靈敏，不管愛爾蘭在房間的任何地方——就算是在牆縫裡也好，她都該聽得見。

貝倫覺得奇怪，一壓門把手，門居然開了。房間裡並沒有愛爾蘭的氣息，而從殘留下來的味道判斷，她至少是在二十分鐘前離開的。

她必然是有意避開他，為什麼？難道是因為前兩天他訓了她一頓？應該不會。她以前是他的學生，被他訓過的次數太多了，不會為了這點小事就鬧脾氣。

那麼是為了什麼？

貓科動物的個性：驕傲、自私、固執。你不讓牠幹什麼，牠偏要幹。尤其喜歡記仇，有人踢我一腳，我就要把對方亂棒打死！

這麼說，難、難道她是想……？！

貝倫打了一個冷顫——他已經有一百多年沒有這種脊背發涼的感覺了。

一陣颶風從他身後再次呼嘯而過，伴隨著女巫們張狂的銳利尖叫聲：「呀——女巫忘了東西了——」

※◆◇◆◇◆◇◆※

萬鬼樓四十九樓，在整個由完全不連接的兩瓣太極形組成的前後樓體中，只有這一層是連接起來的，面積足有三、四個足球場那麼大，但是這樣的大小對於拜特學院的千餘名學生以及不知多少計畫外的賓客來說還是太小了，因此招待人員便在這一層上開出特殊空間，使空間無限的彈性擴展，無論有多少人來都夠用，但是看上去大小卻並沒有增加。

舞會即將開始的時候，所有學生都開始陸陸續續的往四十九樓走。許多普通專業科系的學生都以普通的方式慢慢走上去；女巫專業科系的就像那幾名女巫學院的特邀賓客一樣騎著掃帚從樓外飛進去，那裡自然有一扇窗戶為了她們而敞開；魔女專業科系的學生大多討厭擁擠，便使用魔力飄移從走路的學生頭頂上方飄移過去；巫師專業科系和咒符專業科系的學生在符咒上或坐或站，和魔女們一起飛上去；有一位不知是哪個專業科系的學生居然還坐著傳說中的魔毯，他身邊帶著一個臉兒紅紅的女孩，大概是為了向情人獻寶，所以才把這種珍稀法器當作普通飛行器來用吧。

樓厲凡和霈林海也在人群中緩慢的往上行。樓厲凡本不想參加，舞會這種場合對他來說比打仗還要難捱。可惜不知為什麼，其他時間的舞會就是普通舞會，而每年的聖誕舞會卻都是被排在課程表裡。

簡而言之，它也有學分，如果誰膽敢不參加，就會被扣掉那一部分學分，最後的結局就是留級。所以當然，他是想來也得來，不想來還是得來……

御嘉和頻迦看了熙熙攘攘的樓梯一眼，問道：「可以上去了嗎？上面好熱鬧……」

「妳們兩個給我好好聽！」瞿湄一手抓住她們一人的下巴，強行拉向自己這邊，「今晚比較特殊，上面的舞會招待人員不夠，迎賓的工作就由我來擔任，妳們兩個上去協助其他式神，注意點不要給我惹禍！給我牢牢記住式神招待的重要原則！」

「呀～～瞿湄姐姐妳好好～～」兩位女孩媚眼如絲的摸上她的青蔥玉手，瞿湄刷的把手收了回來。

「少給我在這裡說多餘的話！告訴妳們！我是讓妳們兩個去當招待人員，不是去參加舞會的！要是妳們膽敢忘記自己的職責，小心回來以後我扒妳們的皮！」

兩位女孩嬌笑道：「我們的皮老早就腐爛了，呵呵呵……參加舞會去囉～～」

腳尖一點，兩位式神輕盈的身體向天花板飛去，她們將穿透四十八層牆壁，直接到達四十九層。

「我說過了！不是讓妳們參加舞會的！聽到沒有！」瞿湄對著她們消失的背影氣吼。她們的身體已經在第一層天花板處消失，天知道她們究竟有沒有把她的話聽進去。

「雖然人手少，但是把她們兩個弄去做招待人員……沒問題吧……」忽然有某種不好的預感一閃而過，瞿湄開始脊背發涼，「難道真的有問題？她們的主人應該也在……應該……或許……」

臨時光臨的新客人到達，感應門自動打開，瞿湄皺眉，立刻飛速飄向迎賓的位置，不好的預感很快被她拋到了腦後。

「一年級樓厲凡，身分確認。一年級霈林海，身分確認……」

樓厲凡和霈林海走過身分識別門，終於進入了多災多難的會場。

整個會場目測面積約為三、四個足球場大小，高約十公尺，天花板上每隔二十公尺便有一個可與白熾光媲美的靈術燈，其光芒朝四面八方無限伸展，將整個會場照得明亮如晝。

樓厲凡他們來得算是比較晚，大多數的學生和賓客已經到了，現在會場內滿滿的都是成堆的人。熟悉的人在一起大聲談笑；情侶們躲在一邊絮絮低語；半透明狀的招待式神們手上托著酒杯和果點的托盤滿大廳的飛行，有人做出需要的手勢時便降落下來，讓客人們自己選擇，完畢再飛上去。

樓厲凡知道御嘉和頻迦被調來當舞會招待人員，但是在這滿天的式神中也搞不清楚她們究竟在什麼地方，不過他想那兩個女孩應該沒有問題，至少不會在這個會場中尋釁滋事吧。

「厲凡，你要不要點什麼？我們只有今天被允許喝酒，可千萬不要錯過機會！」霈林海看著滿天的式神，興奮的說道。

由於怕無法控制能力而造成嚴重後果，作為靈能師，一般不允許沾染任何酒精類飲料。不過聖誕節比較特殊，一年中的這一天是靈能師們靈力氣機最為順暢、且容易控制的日子，因此只有這一天是被允許喝酒的。

「我不要，我要霜淇淋。」樓厲凡興趣缺缺的說：「十二歲的聖誕節我被姐姐們強行灌醉過一次，結果被她們拍了很多丟臉的照片，再來一次我可受不了。」

「哦哦，是嗎？」霈林海也不再勸他，舉手向招待式神揮了揮，「嘿！一杯帕尼！再來一個特大的狐狸冰霜。」

兩個式神落到他們身邊，霈林海拿走了自己要的帕尼，樓厲凡托起那個和他腦袋差不多大的狐狸狀霜淇淋，張大嘴一口咬下去。

「二年級東明饕餮，身分確認。二年級東崇，身分確認……」

「啊！多麼熱鬧！多麼有趣！」東明饕餮站在入口處興奮的看著一片群魔亂舞的會場，

高聲說道。

他身邊的東崇邊打呵欠邊把他拉到一旁，防止他擋到後面的人，「如果可以的話，我希望能找個地方睡一覺。」

「喂喂喂！東崇！你看見了嗎！那裡好像是樓厲凡和霈林海——」

「……你到底有沒有在聽我說……」東崇又打了一個呵欠，「我昨晚可沒睡好，一想到要在這種地方躲那隻貓女一晚上我就失眠。你這個沒義氣的，居然就在我旁邊呼呼大睡！真是讓人不爽！」

「哈哈哈哈哈！你就不爽一次吧！平時都是你的殭屍欺負我，害得我神經衰弱，今天終於遭報應了吧？哈哈哈哈！而且今天你的殭屍都不允許跟上來！我真是太幸福了！那位式神美女！」東明饕餮高興得連聲音都有點發抖了，高高舉起手臂向天花板上飄浮休息的式神死命的揮，「這裡！要一杯哈肯耐！再來一杯烏凱鉿！還要——」

東崇敲了他腦袋一下，「你打算酒精中毒是不是？我知道你酒量好，不過哈肯耐和烏凱鉿都是六十六度，就算是殭屍也不能這麼喝。」

「不管！今天特殊！那位式神女士！至少給我一杯哈肯耐吧……」

女式神飄落到他身邊，將哈肯耐遞上，又向東崇示意了一下，東崇搖手表示不要，女式神又飛回了半空。

東明饕餮興奮的將酒杯舉到嘴邊，剛入口，卻沒想背後被人撞了一下，一口酒「噗的」就噴到了一個正和女朋友說笑的男生身上。

那男生轉過頭來，一張臉拉得比馬臉還長，「幹什麼！嫌別人沒喝過酒嗎！」

可惜他的目光沒有對準東明饕餮，而是對準了東崇——沒有辦法，東明饕餮的體質就是如此，容易令人忽略。

「對不起！對不起！」東崇早已習慣了這種事，隨即一迭連聲的向他道歉，「我們馬上幫您弄乾淨……」

「不用了。」那男生悻悻的說道，摟著女朋友往另外一邊走去。

目送那男生從視線裡消失，東崇回頭，發現東明饕餮好像在找什麼東西一樣四處搜尋。

「怎麼了？」

「剛才有人撞了我一下。」東明饕餮愁苦著臉，在東崇面前晃晃手中的杯子，「我不是故意要把酒噴到剛才那個人身上的，是有人撞了我，我控制不住……」

「撞你的是什麼人？」

「好像是個小孩……」

「小孩？」東崇忽然間變得非常緊張，猛地抓住東明饕餮的雙肩用力搖晃，「是什麼樣的小孩？是男孩還是女孩？！年紀看起來多大？！穿什麼樣的衣服？」

東明饕餮被晃得頭都暈了，「啊、啊啊……她嗎……她啊……啊呀！別晃了！」他甩開東崇的手，看看自己手裡已經被晃出去大半的哈肯耐，憤憤的說：「真是的！堂堂男子漢，堂堂旱魃吸血鬼，居然還怕個小女孩！說出去不怕笑死人！」

「她到底長什麼樣子！」東崇怒吼。

東明饕餮縮了縮脖子，回道：「你就會對我發狠而已……那小女孩大概十二、三歲的樣子，穿著公主裙，哦……身後還有一條棕花色尾巴……尾巴！對了，是貓尾巴，她頭上還有一對貓耳朵！」

東崇的臉變得煞白，「果然……果然是她……果然是她來了……」

「嗯？」

「愛爾蘭……」

舞會會場不允許未成年人（人類未滿十八歲，妖怪未滿一百五十歲）進入，但是沒規定不允許小孩進入——或者應該說，是不允許「年齡」是小孩的人進入，而外貌是小孩則沒有問題。這是法律規定，沒有例外。

愛爾蘭從門口進來開始就在橫衝直撞，興奮得好像頭一次參加這種場合，連自己一路上到底衝撞了多少人，讓多少人的飲品都潑在了別人身上也沒注意。

「呵呵呵呵呵呵呵……」愛爾蘭興奮的邊尖笑邊奔跑，「終於不受貝倫監控了！太自由了！太幸福了！呵呵呵……自由真好！」

她身後有一個木乃伊——不，是一個被繃帶包得好像木乃伊的傢伙不遠不近的跟著，最後實在趕不上她興奮的步伐，只有對她高喊：「不要跑那麼快，當心被貝倫發現……」

一聽到貝倫的名字，愛爾蘭立刻停下了腳步。

「嘿！你不會向他告密吧？我知道你這個傢伙愛打小報告，尤其喜歡在別人最討厭的地方打。」她不無威脅的說。

「哦呵呵呵呵……」木乃伊做了個蘭花指的噁心動作，尖笑道：「怎麼會呢！愛爾蘭小姐，請相信我對您是忠實的！」

「忠實個屁！」愛爾蘭咆哮：「萬鬼樓入口的唱詩班是你安排的對吧？差點害我進不來！說！你是不是故意的？！」

「啊呀呀呀呀……請相信我的忠實……」木乃伊依然舉著他的蘭花指，身體卻在不斷後退，「別那麼認真嘛，愛爾蘭校長。呵呵呵……人生三千年，太認真可不好過喲～～」

「嗤！」愛爾蘭嗤之以鼻，卻不再於這上面糾纏，轉身向半空中的式神們招手，「我要一杯帕蘭朵！」

木乃伊蹲下，在她的耳邊低聲說道：「帕蘭朵是無酒精的飲料，愛爾蘭校長，您確定要這個？」

愛爾蘭聳肩回道：「沒辦法，貝倫說了不讓我喝酒。」

「可是您不是擺脫了他的監視嗎？」木乃伊繼續提議：「也許可以……」

愛爾蘭有些猶豫，「可是……你也知道我要是喝了酒……」

木乃伊拍拍她的肩膀，把自己的聲線壓得幾乎聽不出來興奮，「但是您上次喝醉已經是一百多年以前了，現在您肯定不會再發生相同情況了吧？還是說……您的能力在這一百多年中一點都沒有進步？」

「誰說的！」愛爾蘭瞪他一眼，卻仍然猶豫，「可這一次要是再發生同樣的事……」

「一定沒事的啦！」

「如果被貝倫……」

「我不會告訴他的！」

「萬一被他知道……」

「我幫您保證！絕對沒問題！他絕對不可能知道！」木乃伊狠狠拍了一下自己的胸部，先前斷裂過的胸骨又發出了清脆的喀嚓一聲。

「好痛呀啊啊啊啊啊啊──」木乃伊開始在地上打滾。

周圍的人走來走去，對木乃伊的慘叫視若無睹。

天瑾好像幽靈一樣在會場中飄來飄去，陰冷的氣息在她身周環繞了一層又一層，以她為圓心，三公尺內的空間無人敢接近。

好不容易爬上來的四人組正一人拿著一杯帕尼想喝，卻發現天瑾從遠處陰森森的飄了過來，立刻夾著尾巴逃之夭夭，生怕她會抓住他們幹什麼恐怖的事情。

不過他們猜錯了，天瑾暫時沒什麼需要別人做的恐怖事情，她只是很無聊而已。

「這種地方有什麼好來的……這種地方有什麼好來的……這種地方有什麼好來的……」她一直反覆絮叨著這句話，根本沒有發現四人組以及周圍所有的人都對她避之如蛇蠍。

決定了，十二點一過馬上就離開！天瑾想著。

一個灰白色長髮的男子從她身邊走過，她愣了一下，回頭卻只看見他的背影。

「奇怪……他身上有奇怪的感覺……」

貝倫沒有發現有人在看他，更確切的說，他根本沒發現自己還在使用誘惑之術，更沒發現半徑二十公尺之內的女孩們都在向他拋媚眼。

他現在只關心在會場中如何搜尋愛爾蘭的位置，但這裡的氣息實在是太混雜了，靈力、妖力、魔力和巫力統統攪和在一起，他的搜尋感應能力被干擾得像一個壞掉的電臺，除了雜亂無章的訊號之外，一無所獲。

「愛爾蘭……她跑到哪裡去了……」他按住額頭，頭疼的自語。

第8章

小心踩到雷

帕烏麗娜走到會場中央，輕輕拍了三次掌。這三掌是一個信號，吵鬧得跟菜市場一樣的會場倏地安靜了下來。

「今晚是平安夜，各位特邀賓客、各位同學，歡迎各位的到來。」

她的聲音並不大，卻能讓所有人都聽得清清楚楚，這就是最常使用的「靈擴」。

「這是我們每年只有一次的盛會，大家期待了整整一年，當然明白它意味著什麼。不過在舞會開始之前我仍然要提醒大家，請各位節制自己的行為。每一年都有學生由於太過激動而鬧出騷亂，最後被靈力糾察組帶走，希望今年不要再發生這種情況。」

她靜了一下，又補充道：「還有一點，我想大家應該都知道。我們可愛的校長被我打成了重傷躺在醫院裡。不過這是今天上午的事情了，今天下午他從醫務室逃走，直到現在我還沒有他的下落，如果有人在會場中發現一個疑似校長的人，拜託請通知我，謝謝。」

人群之中，一個木乃伊悄悄縮起身體，盡量不引人注目的不停後退、後退、後退……

「好了，前面的廢話就講這麼多，祝大家有個快樂的狂歡之夜！Merry Christmas！」

她一舉杯，結束了自己的致詞。

「Merry Christmas！耶呼——」

會場中充滿了歡躍尖叫。大家舉起自己的酒杯，形成一片手臂的森林。

會場中央的半空浮現出由二十名式神組成的樂團，奏起有名的《風神奏鳴曲》。與會者們拉著自己的舞伴，開始跳起祭神的「撒巴斯」。這是傳統曲目，在大型的慶典上必然奏起的第一首樂曲，撒巴斯則是祈福的舞蹈，為了第二年的好運氣而起舞祈禱。

樓厲凡躲開了幾個撲向他的女孩，往舞蹈圈的外圍逃走。

霈林海被他遺棄後又被一個漂亮的女子抓住，強行開始了兩人的舞步。他往樓厲凡那邊投去求救的目光，樓厲凡裝作沒看見。

四人組分別撲向他們之前就已經看好的女孩們，可惜隨即發現女孩們都是名花有主，那些「主」們一舉拳頭，四人組立刻退回。

這個舞蹈只有在和異性跳的時候才能發揮出最大的祈福作用，和同性跳時就會被削弱許多，但是在沒得選擇的時候也只有……只見幾個人愁眉苦臉的互相拉起對方的手，僵硬的跳起舞來。

貝倫依然四處尋找愛爾蘭的下落，愛爾蘭卻悠哉悠哉的一手酒杯一手拉著那個木乃伊，自由自在的翩翩起舞。

撒巴斯的舞步並不太好看，不夠高雅，更像土著民族的舞蹈。天瑾對這種儀式上的東西不感興趣，更不喜歡那種難看的舞步，最重要的一點是——沒人敢和她跳舞。當周圍的人都跳起舞來的時候，她聳聳肩，打算走到一邊的僻靜角落裡休息一下，也好讓出位置來讓那些人跳。

她剛走出人群，卻發現樓厲凡也正巧從人群中走了出來。他們兩個互相對視，空氣中閃過冷峻的劈啪電光。

最終，還是樓厲凡先說話：「妳是預言師，這種舞蹈對妳來說不是很有幫助嗎？」

也許他是有點關心的意思，但是這話伴著他一張硬邦邦的冷臉，真是讓人怎麼聽怎麼不舒服。

「可你是靈異師。」天瑾反譏回去，「這種舞蹈對你來說不是更有幫助，幹嘛不跳？難道是——」她的眼睛斜向舞池，霈林海正一臉尷尬的被一個身材惹火的紅衣女孩拉著跳舞，還時不時向樓厲凡這邊投來求救的目光，但樓厲凡選擇視若無睹。

天瑾冷笑，「原來舞伴被人搶了，怪不得這麼不爽。」

「我們是不是那種關係，我想以妳的能力比誰都清楚。」樓厲凡的臉更冷了，如果她是男的，他會揍她一拳，「不過我倒是很好奇妳為什麼不跳？」

天瑾哼了一聲，「跟你的原因差不多。」

樓厲凡一挑眉，「嗯？」

她接下去道：「不過呢，我是別人討厭和我跳，你則是因為討厭和別人跳，原因就是這麼簡單。」

她說得沒錯，樓厲凡很討厭和別人跳這個舞，以前在家的時候一般都和姐姐們跳，偶爾會和媽媽或外婆跳，實在沒得選擇的時候也和爸爸跳過。可是在這所學院裡，是他血親的人一個都沒有，他既不想和會減弱舞蹈效力的同性跳，也不想和那些看著他就一臉迷醉的異性跳。樓厲凡哼聲笑了出來，「不愧是預言師。」

「是遙感師。」

「好，遙感師。」

「也是預言師。」

「……」樓厲凡不想揍她了，他只想殺了她。

東崇和東明饕餮雖然身分是靈異師，但因為有殭屍的特殊身分，祈福的舞蹈對他們只有副作用，於是躲在一邊看大家跳。此時東明饕餮手裡拿著第三杯哈肯耐，喝下了他的第二杯烏凱鉿。

「饕餮……饕餮！別喝了！」東崇拍了東明饕餮的背一下，東明饕餮一口酒全部卡到了氣管裡。

「咳咳咳咳咳咳咳！東崇！你想死——咳咳咳咳咳——死嗎！居然暗算——咳咳咳咳……暗算我！」

「誰暗算你！」東崇臉色凝重的說：「我剛才看到她了……」

「誰？」

「愛爾蘭……」

「哦。」東明饕餮又舉杯要喝，東崇又是一巴掌，他嘴裡一口酒噗的一下再次噴到了一個正和女朋友跳舞的人身上。

很不巧的，又是剛才被他噴到酒的那個傢伙。這回他終於發現了罪魁禍首，雖然氣得渾身發抖卻沒辦法放開舞伴來揍東明饕餮，只有趁著舞蹈的空隙向東明饕餮伸了一下中指——可惜東明饕餮根本沒看他那邊，因為他在忙著和別人吵架。

「東崇！你要是想打架就來吧！何必這麼一次一次挑釁我！我告訴你！雖然以旱魃或者

吸血鬼來說你是我的主人，不過我不會承認那一套的！和我決鬥吧！我今晚一定要在這裡和你分出個勝負！我告訴你——」

「饕餮！」東崇按著他的肩膀，很嚴肅、很認真的看著他說：「你還記得，我說她很愛吃醋的事嗎？」

東明饕餮的腦袋上出現了一串問號，「哦……那又怎麼樣？」

「我為了救你，和整個殭屍家族鬧翻，現在家族裡所有的人都知道我為你再造了這個身體，並且你的生命和我共生。你認為，這個消息在這十幾年中能傳多遠？」

東明饕餮仍然不明白，「嗯？就……靈異界……不過，靈異界的消息永遠都是傳得最快的，怎麼啦？」

「她會因為我和別人說話就抓狂，而我為你捨棄了一半的命，你認為她會怎麼想？」

東明饕餮忽然覺得這個溫暖的會場裡有些冷。他困難的嚥了一口唾沫，「這種……這種事……這種事又不是你願意的……你不是欠了我爺爺奶奶的人情嗎……」

「她才不管那個，她只要知道我和別人之間的關係比她親密就行了。」

「……她會怎麼樣？」

東崇不說話。

東明饕餮的耳邊又迴響起東崇在雪地上說過的——

「你知道整天被一隻巨大的貓壓在身上是什麼感覺嗎？你知道每天都被迫吃生肉是什麼感覺嗎？你知道押著一隻巨大的貓洗澡是什麼後果嗎？你知道我只要和別的——不管是雄性

生物還是雌性生物——說一句話會有什麼後果嗎？你知道每天都被吃醋的貓抓一臉的血印子有多痛嗎？……」

她對情人都是如此，那對他……這個怎麼看怎麼像「敵人」的人，又會是什麼反應？

——好冷……結冰了……好冷……

「我一定……會被她殺死的……」東明饕餮打起顫來，兩手的玻璃杯互相碰撞，看來馬上就要碎掉的樣子。

「所以，和我一起警戒吧。」東崇拍了拍他的肩膀，沉痛的說。

東明饕餮的眼睛直直的望向舞池中央，手抖得更厲害了。

在千人的會場中尋找一個小女孩根本就是徒勞無益，貝倫終於承認了這一點。他想放棄了。但有一個問題，就是他剛才在問別人有沒有見到愛爾蘭那種樣貌的小女孩時，有人說看到她和一個木乃伊在一起。

——木乃伊？她什麼時候認識木乃伊的？這間學校裡有木乃伊嗎？似乎賓客中也沒有聽說有木乃伊。那這個木乃伊到底是……

某道靈光一閃，他忽然想起一個人。

——木乃伊！對了，怎麼會忘了他呢？除了那傢伙還能有誰？恐怕——不，必定是那個傢伙！據說被打得重傷入院的那個。

——他和愛爾蘭在一起幹什麼？他又想怎麼樣？是不是又覺得無聊了？愛爾蘭不和我打

聲招呼就逃走的行徑恐怕是他教唆的吧？他想幹什麼？他的目的通常不會是什麼好事，八成又有了什麼讓人抓狂的鬼主意吧！

——等一下……鬼主意？難道說……！

他忍不住有些心慌，「愛爾蘭！」顧不得在這種場合喧譁是很不禮貌的事，貝倫大聲叫起愛爾蘭的名字，「愛爾蘭！妳在哪裡！愛爾蘭！快出來！我真的要生氣了！愛爾蘭——」周圍的人不得不對他施以側目，然而貝倫已經無法顧慮他人的目光了，他現在是真的很惱火，「愛爾蘭！快點出來！我警告妳！愛爾蘭——」

兩隻憑空出現的玉手從後面分別搭上了他的兩邊肩膀。

「理事長，有什麼我們可以幫您的嗎？」

溫柔而……甜膩的聲音，遇到不習慣吃甜食的人恐怕會讓對方昏頭吧。

貝倫回頭，發現身後飄浮著兩個半透明的白衣女式神，一個留著齊耳短髮，一個留著披肩長髮。剛才那甜得發膩的聲音恐怕就是她們發出來的。她們的容貌很眼熟，卻記不得何時見過，他想了一下才想起來，原來她們就是那兩位迎賓的式神。

「原來是妳們。」他對她們禮貌性的一笑，兩位女孩同時做出了捧心的迷醉表情。

「啊啊～理事長請不用這麼客氣！」長髮的女孩一手托著手中的托盤，另一隻手握住了他的手，「貝倫理事長！我們是御嘉和頻迦！您遇見了什麼困難嗎？您要有什麼問題的話請和我們說！我們拚死也會為您做到！請您放心好了！」

短髮的女孩也拉住了他的另一隻手，她手中的托盤似乎就快要滑掉了。

「沒錯！我們是忠誠於您的！請告訴我們您需要什麼！我們不要命也會為您做的！」

貝倫知道自己的誘惑之術有一定水準，不過像這麼迅速而誇張的反應他還從來沒見過，而且這麼主動的女人讓他也不禁有點尷尬，他抽回手道：「其實不是什麼重要的事……我在找那個和我一起來的女孩，她的原始形態是一隻山貓，妳們見過她嗎？」

「山貓？」兩個女孩互相看了一眼。

御嘉說：「會場中沒有見到山貓喲，而且我們也沒有看見您身邊的那個小女孩……」

「啊！御嘉！剛才那個和木乃伊跳舞的女孩！」頻迦好像想到了什麼一樣大喊：「記得吧！她的尾巴！」

「可是一轉眼又看不見了啊……我沒確認……」

「可是真的很像！」

「我真的沒看清楚……」

貝倫知道她們兩個也幫不上什麼忙了，只能點頭，「那就麻煩妳們了，如果見到她，請告訴她我在找她，我生氣了。」

「啊～～當然沒問題！」兩個女孩興奮的尖叫。

貝倫轉身想走，兩個女孩再度從後面搭上他的肩膀，嬌聲喊：「理事長——」

她們嬌嫩的聲音還沒有喊完，貝倫身上忽然浮現出無數道蒼青色的電流光芒，她們按在他肩膀上的手就好像觸到了高壓電一般，一陣強烈的麻痛感從手上一直傳導到全身。她們尖叫一聲，反射性的放手，連手中的托盤也控制不住的扔到了地上，整個人迅速的飄飛後退。

托盤上的飲料與地面發出巨響，摔得滿地都是玻璃的碎片。

貝倫的身影在一瞬間變得模糊，狼耳也豎了起來，似乎立刻就會轉化為原始形態。然而那只是一剎那的錯覺，他很快就恢復了原狀，再轉過身來面對她們的時候，他的臉上浮現出了奇異的笑容。

御嘉和頻迦驚恐的用另外一隻手握著自己剛才碰到貝倫的手，極其少見的發起抖來……她們身上被竊取了某些東西……原本還在的，可是就在剛才，被他偷走了。

「理事長……你……！」

貝倫笑著一攤手，「妳們兩個，在考取式神執照的時候沒有學到這最重要的一點嗎？『在沒有判斷對方善意或惡意之前，絕不允許主人之外的人碰觸身體的任何部位』。這麼重要的常識，妳們到底是純粹不知道還是真的忘記了？」

式神執照常規規定第三十六條第一百一十二款：在沒有判斷對方善意或惡意之前，絕對不允許主人之外的任何人、妖、魔、精等碰觸身體的任何部位。（本款解讀：式神為裸露資訊載體，極容易被非式神生物透過與身體接觸而發生資訊洩漏事故。為保證主人本身的資訊安全，請嚴守本款規定。）

簡單的說，就是他人可以透過與式神身體部位的接觸而探知其主人的全部資訊。可惜她們兩個並不是真正合法的式神，雖然通過了式神執照考試並且拿到了執照，但那是因為樓家大姐幫忙感應了考試題目，並不是她們自己考的，所以這個最重要的常識她們根本不知道。

樓厲凡當然對式神執照常規規定非常瞭解，可是她們兩個不喜歡學，他也不勉強她們。

而且平時處於低階式神狀態的兩人也無法離開他身邊，所以他對自己的資訊保密問題非常放心。但是這一次，他讓她們脫離時忘了忠告她們這些事，這是他犯下的最大錯誤。

所以，她們身上被竊取的東西，就是關於樓厲凡的所有重要資訊！

她們絕望的又飄退了兩步。

——完了！厲凡一定會殺了我們的！最少也會把我們打成解鬼！他這次，是真的、真的、真的會發怒了……

「原來他就是妳們的主人。」貝倫繼續笑著說：「我原本還在想若碰不到的話，這次就放他一馬，沒想到居然會碰到妳們，真是湊巧……」

御嘉、頻迦互相看一眼，發狂般的轉身尖叫著逃走。然而，貝倫並沒有追上去的意思，因為他已經從她們身上獲取了足夠的資訊。

「樓厲凡……霈林海……原來這是他們的真名……還真是不幸啊……」

貝倫又露出了那種奇異的笑容，看向某個方向，隨即往那裡走去。

※◆◇◆◇◆◇◆※

《風神奏鳴曲》在乾脆俐落的上揚音中悠然消失。第二首舞曲響起，旋律優美而婉轉，雖然不知道是什麼名字，但很明顯是一首情人舞曲。跳著歡快的撒巴斯的人們放慢了舞步，情侶們在舞池中翩然旋轉，另一些人則退了下來。

愛爾蘭不想跳這種慢步，放開木乃伊跑到了一邊，木乃伊向半空招手，一個女式神降落到他身邊，他拿起女式神托盤上的某種飲料，桀桀桀的陰笑起來。

「啊啊啊～～好想吃點什麼。嘿！」愛爾蘭指一指拿著霜淇淋的式神，「那就，來一杯香草海獅——」她的尾巴從裙子底下探出來，隨著她興奮的動作左右搖擺。

然而，那個式神還沒降落之前，一杯泛著果綠色美麗光芒的香馥飲料已經遞到了她的眼前。隨之而來的還有那個木乃伊被包在繃帶下面的諂媚的臉。

「愛爾蘭校長大人，您渴了對吧？喝點飲料如何？」

愛爾蘭聞了聞面前的飲料，臉上出現了一點點興奮的光亮，但是很快又黯淡了下去，失望的說道：「好香……唔，可是有酒精的味道……」

木乃伊激動得連心臟都開始顫抖了，「沒錯，愛爾蘭校長！您看！這飲料的顏色是多麼美麗啊！它的酒精度能有多高呢？您這一百年來必定有了長足的進步，這一點點的酒精能對您發揮什麼作用呢？根本可以忽略嘛！對不對？請相信我！愛爾蘭校長！我以我的品格——我以我的人格保證！絕對不會有問題的！」

如果這裡站著的是貝倫或者帕烏麗娜中的任何一個，那他們必定都會回答他——「你的人格和品格早就已經死在八百年前了。」

可惜，他們現在都不在這裡。

愛爾蘭看著那泛著清亮光芒的飲料，受不了誘惑的伸手接過它，放在鼻子底下輕嗅。清涼的果品香味中夾帶著柔和的酒精香氣，甜甜的，似乎很好喝的樣子……她忍不住伸出舌頭，在那果香的液體上舔了一下，「好甜……好香……」她睜大眼睛說。

「是吧？是吧？」木乃伊興奮得連聲音都在顫抖，「要不要多喝一點？就一點，絕對絕對不會有問題的……」

小小的喝了一口，那種香馥的味道就在口腔裡蔓延了開來，微辣的酒精味道順著上顎到達腦袋，那種感覺……那種感覺無法形容，硬要說的話，簡直可說是飄飄欲仙了。

「好好喝……」

愛爾蘭的眼淚忽然啪嗒啪嗒的掉了下來，木乃伊大驚。

「愛爾蘭校長！愛爾蘭校長！您怎麼了？！您這是——」

「好喝得讓人想哭……好喝得讓人傾家蕩產……好喝得讓人欲罷不能……」

「啥？」

一仰脖，整杯液體就倒進了她的喉嚨裡。

「再來一杯！」舉著杯子吼出這句話的愛爾蘭露出了她的四顆獸齒，在燈光的照耀下閃閃發亮。

「我感覺到她的妖氣好像在升高……」東崇手足無措的轉起圈來，「這可如何是好、這可如何是好……」

東明饕餮死命的往喉嚨裡倒酒，看來是決定在臨死之前至少了卻一樁心願。

霈林海回到樓厲凡身邊，發現那兩個人正在對峙，不由得一笑，「不要吵了，真是的……」像小孩子一樣。他這麼想著，無意間望向某個方向，表情忽然變得絕望而驚恐。

樓厲凡嗤了一聲，放棄和天瑾對峙，卻發現霈林海的情況有點奇怪，「霈林海？你看到什麼了？你……」他順著霈林海的目光看過去，很快他的下巴也掉了下來，嘴張得能放下十顆雞蛋。

兩個人都好像被人施了定身法，不僅動不了，連聲音也發不出來。

天瑾看看自己的背後——沒看到什麼奇怪的人啊，只有一個好像是狼族的人正往他們這裡走來。

狼族？！零度妖學院！！貝倫！！！

臥底、搶劫、偷竊、封印、憤怒、靈擊炮……

一連串的遙感資訊從樓厲凡、霈林海以及那個狼族人之間迅速的向她身體流送進來，她在瞬間便把他們的糾葛瞭解個清楚明白。

——原來如此……

她不動聲色的後退一步，躲開了貝倫的必經路線。

貝倫毫無阻礙的直接走到了樓厲凡的面前，對他微笑。

「你好，很久不見了。」他說。

第9章
狂歡的脫序的熱血舞會

「你好，很久不見了。」貝倫說。

這是他第二次說這句話。他剛才已經說了一遍，可惜樓厲凡好像沒聽懂，依然維持著那種張口結舌的蠢樣子一動不動。

霈林海首先清醒過來。因為貝倫似乎「又」把他排斥在外了，他有點高興，然後戳了戳樓厲凡腰側。

樓厲凡動了一下，喉嚨裡發出了奇怪的嘶鳴聲，像窒息一樣，氣流想從那裡通過又出不來似的。

貝倫伸出優雅白皙的手，以貴族般特有的姿態輕輕摸了一下他的頭髮，用很溫柔的聲音問道：「你最近過得怎麼樣？結束了臥底生活，有沒有什麼不適應？」

霈林海覺得這句話的尾巴帶了一個鉤，似乎也要把他勾進去，剛剛放下的心不由得又懸了起來。他決定不要再待在這個充滿炸藥的地方，於是悄悄挪步、挪步、挪步……妄圖離開貝倫的視線範圍。

或許他不動還好，因為狼盯的就是會動的東西。

那頭白狼的眼睛轉向了他，露出了更加溫柔的笑容，「你呢？過得怎麼樣？是臥底的生活難過，還是在變態學院的生活難過？」

「我……我我我我我……哈哈哈哈……」霈林海的聲線顫抖個沒完，「貝倫校長不對應該是理事長您好我最近過得很好哈哈哈哈真的很好哈哈哈多謝您的關心哈哈哈哈……」

他的顫抖太厲害，距離他最近的天瑾覺得好像連自己都快要抖起來了。

貝倫不再看他，又轉向了樓厲凡，「你還沒有回答我，樓厲凡同學。」

霈林海趁機一個箭步躲到了天瑾身後，縮在那裡說什麼也不出來。

「沒用的傢伙。」天瑾低聲說。

樓厲凡似乎還沒有回神，不知道他這種狀態要持續到什麼時候。

貝倫微皺眉，伸出自己的左手食指，長長的指甲在他的眉心處輕點，輕喝：「痛！」

樓厲凡覺得眉心就好像被人穿入了一根火鉗，他痛得大叫一聲，捂著額頭拚命後退。

「你終於清醒了？」貝倫走近他。

樓厲凡對於他的接近立即擺出了對戰的弓箭步，警戒卻顫抖的說：「您……您……貝倫理事長！上次那件事不是我們的錯！我我我我們也是被逼的！那個變態逼我們一定要去做！如果我們不做就永遠把我們的戶籍嵌到妖籍裡！我我我我我們真的很無奈！否則以我們對貝倫理事長您的仰慕來說怎麼可能幹那種事！請相信我！請一定相信我！……請不要過來！再過來我……我我我我我我就算打不過您也會拚命的！」

「我沒有說要對你怎樣。」貝倫溫和的說：「我當然知道上次的事一定是那個變態逼迫你們做的，否則給你們十個膽子也不敢，對不對？」

樓厲凡死命點頭。

「哦，真是少見的情景……」天瑾低聲說：「『那個』樓厲凡居然在害怕……不，應該說，是恐懼。」

霈林海不想跟她搭話，他只想著怎麼樣才能逃到貝倫抓不到他們的地方去。

「所以說——」貝倫退開一步，忽然躬身，優雅的向他行了一個禮，「我可以請你跳支舞嗎？樓厲凡『小姐』？」

靜默。

「……我……我……我……我不是『小姐』……」樓厲凡困難的說。

貝倫微笑，「是這樣嗎？那麼，我可以請你跳支舞嗎？樓厲凡『先生』？」

樓厲凡僵硬的指一指彈奏著悠揚音樂的式神樂團，「這是……情人舞曲。」

「我聽出來了。」貝倫微笑，「是一百多年前曾風行一時的《鍾情之吻》，很有名。」

樓厲凡僵硬的指一指自己，「我……我是『先生』……」

「原來是這樣，你在乎這個嗎？」貝倫還在微笑，但是他的微笑在樓厲凡看起來就好像惡鬼一樣，「我可以解決這個問題，請相信我。」

他的手指非常漂亮的畫了一個圈。從上至下，多彩的光芒圍繞著樓厲凡旋轉掠過，在他的驚呼——不，應該說是慘叫聲中，他身上的休閒裝變成了暗藍色的晚禮服。

是女式的。

而且附送全套行頭，比如頭髮上流光異彩的髮飾，同色系的耳環、項鍊、手鐲……甚至一雙至肘的白手套以及上面的戒指。

樓厲凡依舊慘叫。

貝倫執起了他的手，攬著他的腰，把他優雅的拖向舞池中央。

樓厲凡持續慘叫。

「樓厲凡，真是美人。」天瑾陰森森的臉上似乎帶著幸災樂禍的表情說道。

霈林海顫抖，汗出如漿。

※◆◇◆◇◆◇◆※

愛爾蘭跪坐在地板上，頭低著看不清表情，滿身都是濃重的酒氣。

木乃伊腋下夾著七個酒杯，在她身邊興奮的轉圈跳舞。

「呼呼呼呼……七杯五十六度的女士開納斯，我看妳醉不醉！我看妳醉不醉！呼呼呼呼呼呼……」

愛爾蘭打了個酒嗝，抬起頭來，一雙蔚藍色的貓眼有一隻已經變成了血紅色，另外一隻仍然湛藍而澄清。

「再來一杯……」

木乃伊一愣，「啊呀？妳還要？可是這種酒數量很少，剛才妳已經把全部的存貨都喝完了……那邊的式神！請問還有沒有其他的——」

愛爾蘭慢慢的站起來，走到木乃伊身後拍拍他的肩。

「你說……什麼……」

「啊，好像沒……」

「沒有了……？」她連另外一隻眼睛也逐漸染上了血紅的顏色。

木乃伊驚恐，連連後退，「不，請等一下……請聽我說……」

暴怒的鐵拳揮上，喀嚓一聲打中木乃伊的下巴。木乃伊像斷了線的風箏在天空中悠悠飛行，式神們驚惶躲開，隨著一聲巨響，木乃伊的腦袋硬生生插進了天花板裡，身體在天花板外面像紙張一樣飄來盪去。

「囉嗦——！」

「飲料呀——！」

愛爾蘭周身冒出光亮的藍色火焰，直直衝上足有七、八公尺高的地方。周圍無辜的人類開始四散奔逃。

「飲料呀——！」

火焰又衝高了幾公尺。

模仿凝結的天花板本不怕熱，但這是妖力形成的火焰，靈力、妖力、魔力之間的結合受不了它的衝擊而開始潰敗，屋頂被燒穿了一個窟窿。

在自身的尖叫聲裡，火焰中的愛爾蘭身形逐漸變大，雙腿和雙臂變長，胸部逐漸豐滿，臉部的輪廓也由十三、四歲的小女孩逐漸蛻變為成熟的女人。

「飲料呀——！」

尾音又拔高一度。

周身的火焰不再往上升，而是轟的一下放射性散開，幾個沒來得及逃走的學生被燒成黑炭。此時，愛爾蘭已經變成一個成熟有風韻的女人，原本的長裙變成了超短裙，上衣裂開，衣料覆蓋的肌膚若隱若現。

「我的飲料在哪裡呀——！」

貓女全身的火焰炸裂開來，火球往人群中落去，慘叫聲此起彼落。她本身也衝入了人群中，發瘋一樣見人就打。

這，就是貝倫千交代萬囑咐不允許她喝酒的原因——她會發酒瘋。

※◆◇◆◇◆◇◆※

東崇看著忽然出現的沖天火焰，本來手裡拿著東明饕餮給的一杯酒滑落在地，玻璃杯發出不太明顯的碎裂聲。

「發瘋了……」

他們這邊一片大亂，式神樂團卻繼續奏著他們悠揚的曲目。大部分的人們似乎也習慣了這種情景，攬著自己舞伴的腰繼續在舞池中央旋轉，絲毫不受影響。

貝倫當然也是不受影響的其中之一，一邊帶著一臉青灰恨不得直接去死的樓厲凡跳舞，一邊還很有閒情的與他聊天。

「你知道嗎？這首歌詞的原作者叫AKI，很有名。她姐姐的靈體很喜歡這首歌詞，所以請我幫忙，讓她譜曲之後再昇華，我當然願意幫這個忙。所以你現在聽到的曲子可是一位滯留人間的人類女魂和她的妹妹合寫的，一定要對她產生敬意……」

「怎樣都好……」樓厲凡的嘴唇已經變成蒼白色的了，「可、可不可以告訴我……理事長……我們還要跳多久……」

貝倫不在乎周圍的目光，可他在乎！現在幾乎所有經過他們身邊的舞者都用驚異的目光看著他。這其中有多少人認得出他來？多少都無所謂，反正只要有一個——僅僅一個！他就身敗名裂了！

貝倫對他微笑。他還沒有報復夠，怎麼可能這麼輕易就放過他？那個叫霈林海的，以後有時間再說，不過今晚先玩這個。

「你累了嗎？」

多麼溫柔的聲音，但可憐的樓厲凡只想一頭撞死過去。除了他的姐姐，還從來沒有人能讓他有這麼恐怖的感覺。

「我我我我……我的腳……很痠……」

貝倫真是個敬業的妖怪，在為他改扮了一身行頭之後，連最下面的問題都沒忘——那是一雙多麼漂亮的大尺寸高跟鞋啊！在短短的舞蹈過程中已經讓他的腳扭了不下五十次，而貝倫卻似乎毫無所覺。

「哦，是嗎？」貝倫繼續微笑，「那你覺得是你的腳難受呢？還是我和愛爾蘭硬受你一記靈擊炮更難受一點？」

——他果果果果然還記得！而且記得非常非常清楚！

樓厲凡不知道貝倫在心裡究竟咬了多少次牙，才可以忍耐住不用那副獸齒咬死他和霈林海，但是他很清楚如果自己有一句話沒說對，那麼後面的日子會比現在更慘——沒準兒會把他丟給他的學生們當教學用具？比如在訓練狩獵的時候……

樓厲凡想起貝倫曾經吹噓自己年輕的時候一分鐘就能抓一隻兔子，他樓厲凡跑得絕不會比兔子快，更何況現在的貝倫可不算老，能力方面只可能比以前更強。

「我我我我我錯……我錯了，理事長您到底怎樣才能放放放放過我……」顫抖得可憐的聲音，樓厲凡都有點懷疑那是從自己的喉嚨裡發出來的，「我會會會幫您抓那個變態洩憤！真的！要不您想怎怎怎怎樣，拜託告告告告訴我，我我我我很害害害怕！」

貝倫大笑。

舞曲接連的變化，一些人停下舞步去休息，另外一些人又走進了舞池。這些曲目中，有一些是被強行拖著跳舞的樓厲凡知道的，有一些是他不知道的，但有一點對他來說相同——從今以後，他絕對不會再認為這些歌曲中的任何一首好聽！

樓厲凡已經跳得有點想死了，可是舞曲卻逐漸變得更加深情而舒緩，他想昏過去或者直接睡著算了。

不過，貝倫當然不會讓他那麼輕鬆就擺脫這個麻煩，忽然他邁開了大步，瀟灑的身影在舞池中開始快速旋轉。

「你知道這是什麼歌嗎？」貝倫笑著問。

樓厲凡不想知道，也沒興趣知道，卻不得不硬著頭皮問：「……是什麼歌？」

「同樣是那位 AKI 寫的曲子，歌詞非常不錯，你想聽嗎？我會唱。」

多麼榮耀！可樓厲凡一點都不稀罕，卻必須裝出很稀罕的樣子。

「呃……好……」如果可以，他希望從樓頂跳下去，而不是在這裡跟一隻隨時會咬死他的妖怪跳舞。

貝倫仰起頭，聲音從胸腔之中渾厚的噴薄而出。

「I want to see you, so I wished upon a star all the time, even the star moved around. We couldn' t see each other……」

整個會場的人都聽到了這深沉而優美的音色。在使用和「靈擴」相近的能力「妖音」傳送出去時，更加深了他寬廣的音域共鳴。歌聲在耳邊震鳴，美妙得讓人渾身顫慄，讓所有的人都不禁互相詢問這到底是誰在唱。

「But I still thought about you, even on the night that clouds covered the stars. Miracle won' t happen, but just for tonight, when the two stars meet in sky. I only want a moment……」

正抓住一個無辜的學生暴扁，並且被五個以上執行會場監察任務的教師分別扣住脖子、手臂、腰和腿的愛爾蘭當然也聽到了歌聲，她微微愣了一下。

「After a sudden evening shower, the wind breezes, leaves that carried wishes makes a sound. A clear night sky, the stars are increasing in number. Tonight, I just want to make one wish come true……」

「你在警告我嗎……貝倫……」已經完全變成一個漂亮……又瘋狂的成熟女人，愛爾蘭低喃。被她掐住脖子的可憐男學生已經開始翻白眼了。

「You will not return to me, but you are always here with me. You used to said that. I still believe it even now. Just think about these, I can be strong again. Miracle cannot happen, unless I can throw away the reality……」

「You are right, Baren, Miracle cannot happen……」愛爾蘭露出美麗的笑容，豐潤的紅脣向上勾起。那動作是如此性感，就好像在邀請他人去親吻……

「……所以我根本不期待奇蹟！我只想知道你們這群混蛋到底把我要的飲料藏到哪裡去了！」她尖叫。

火焰以螺旋狀爆散鋪開，她身邊十公尺以內的人無人倖免，一律被燒成了黑炭。

……真可惜，她能給的只有死亡之吻。

貝倫帶著樓厲凡在大跨步中悠然旋轉十圈半，樓厲凡的長裙揮灑出一個好看的半圓，迎來周遭人群一致的喝彩。然而，誰也沒看到他裙子下面的腳又扭了十一次，更沒有人知道他極度擔心到了明天腳踝會不會變成巨型饅頭。

「愛爾蘭啊……」貝倫依然笑著，太陽穴上卻冒起了青筋，「該死的妳居然不聽我的警告！不要以為妳現在是校長我就不會再關妳禁閉！」

※◆◇◆◇◆◇◆※

「哎，那個人怎麼不唱了？」在肚子的抗議下，東明饕餮終於捨棄了他的第三十二杯哈肯耐和烏凱鉿，只抱了一個水果拼盤在吃。

東崇好像也放棄了逃走的念頭，現在一臉的……嗯，那種大義凜然的表情。

東明饕餮看了他一眼，險些把嘴裡的東西都噴出來。

「你……你怎麼這個表情！又不是快死了！至少那隻可怕的貓女還沒有發現你嘛！」

「你、你沒發現……你沒發現……」東崇顫抖的說：「剛才的歌聲是貝倫的，他是在警告她，可是……可是你發現了沒有？她完全沒有收斂……這說明她現在什麼都不怕了，什麼都不怕了啊……」

「啊？」

「她喝酒了！她一定喝酒了！」

「我也喝酒了。」東明饕餮說。

「可是她不一樣！」東崇抓住他的領口用力晃，「你知道嗎！她不一樣！不像你就算喝一百杯也不醉！她只要一喝酒就發瘋！她會發瘋的！剛才我還不敢確定，可是她平時很怕貝倫，現在居然……她已經開始發瘋了！」

東明饕餮被勒得開始翻白眼，但為了自己的生命，卻還是努力斷斷續續的說：「你……你……你就算勒死我也沒用……我們……我們……逃走……吧……」

「我們逃到哪裡去？她不是用靈力感應到我們的！她是用鼻子！只要我們還在這裡她就一定能找到！」

「那就逃出去……」

「你又不是不知道！門口有結界！聖誕節只許進不許出，除非舞會結束！我們能逃到那時候嗎？！」

「我……我……這不是我的錯……放開……我……」

東崇終於發現自己幾乎要把對方掐死，一鬆手，東明饕餮撲嗒一聲掉到地上，捂著脖子死命咳嗽。

「咳咳咳咳……也許……也許……」東明饕餮狠狠順了一下自己的氣，「咳咳……你剛才不是說她害怕貝倫嗎？你……你……咳咳……你用『複製』唱剛才那個人唱的歌看看，說不定……咳咳……她就不敢過來了。」

東崇很少有沒主意的時候，那是因為他活的時間太長，遇見的事情太多，可是這種事對他來說卻是頭一遭，因此才會慌得沒了主見。這時候東明饕餮一提醒，他才稍微冷靜了點，想一想，這個方法或許真的不錯……

他看著不斷冒出的火焰，忍不住後退了一步。

「Where the dust of stars can be found……」

他只唱了一句，所有人的目光就都集中到了他的身上。

東明饕餮看著他，露出了些許放心的表情。

「During the moment when the star is falling, can Miracle be expected? I am hoping, someday in the future……」

東崇現在唱歌所用的並不是他自己的聲音，而是貝倫的。東明饕餮所說的「複製」，就是讓他用自己的能力「複製」那個人的聲線，然後用特殊能力發送出去，讓他的歌聲聽起來就好像貝倫唱的一樣。

「You will be waiting for me in the eternal paradise, and take me to see the fairest star once again……」

不知內情的人開始鼓掌，為他漂亮的聲音而喝彩。可是東崇不想要這種喝彩，他只希望那個貓女不要過來就好了。

可惜，很多事情常常與大家的希望背道而馳。

如果東崇不要那麼心虛的唱歌，或許已經醉得暈頭轉向的愛爾蘭還不會注意到他。然而他唱了，還是用貝倫的聲音唱的。

剛才已經被貝倫的聲音弄得心浮氣躁的愛爾蘭有點惱怒了。

「……幹嘛還要提醒我……我是小孩子嗎？我是小孩子嗎？我已經不是你收留在家的小貓了……貝倫我要向你挑戰啊啊啊啊啊啊啊啊啊──」

東崇正在努力模仿貝倫的聲音，卻聽到身後火焰噴發的地方有貓女的尖叫聲，同時妖氣猛烈竄升。他大驚失色。

「饕餮快趴下！」

他向東明饕餮猛地撲倒，正打算把水果拼盤的東西全部吃完的東明饕餮被他壓在地上，險些把水果卡在喉嚨裡。

「我的媽呀——」

轟的一聲，一蓬火焰從趴下的他們頭頂飛過，硬生生的將牆壁燒穿了一個洞。

「啊啊啊啊啊！我的屁股！哪裡有水！哪裡有水！」

「我的衣服！救命啊——」

一個學生的屁股著火了，另外一個學生的袖子冒出了青煙，兩人同聲慘叫，有人慌忙用水術往他們身上潑水。

「我知道你在跟我挑釁！貝倫——你給我出來——」

不用看，只要聽身後那有些變調的尖叫聲就知道那是誰了。東崇自暴自棄的站起來，狠狠的與那個身上掛了七、八個會場紀律維持人員的噴火女郎對峙。

愛爾蘭看著他，疑惑的歪了歪頭，「貝倫？你怎麼變得和那個傢伙一樣……」

「是東崇。」

她又往另外一個方向歪了歪頭，「誰？」

「是東崇……」

她笑了笑，美豔的面龐似乎散發出潤澤的光芒，「東崇？」

東崇覺得自己真的有想拔腿就逃的願望。

「是……」

「東崇——！」

愛爾蘭尖叫，全身的火焰和她的聲音一起絞扭成團，向東崇攻擊過去。東崇想跳開，忽然想起剛站起來的東明饕餮還在自己身後，不得不伸出雙掌咬牙硬接。

「饕餮你快離開！」

只聽一聲砰然巨響，火焰被推向房頂，以傾斜的角度穿通出去直達天際。寒風從破洞處咻咻的灌了進來。

天空中，一個老頭坐著馴鹿所拉的馬車，邊飛邊哼曲子。

一蓬火焰忽然出現，夾帶著可怕的風聲，呼的一下就將整輛鹿車都籠罩了起來。

「咳咳咳咳……這是誰！居然敢攻擊聖誕老人！咳咳咳咳……我漂亮的白鬍子！咳咳咳咳……」

馴鹿：你該退休了。

「我終於見到你了，東崇。」愛爾蘭大笑，看起來似乎清醒了許多，美目含情的看著東崇，向他慢慢走去，「你到哪裡去了呢？當初為什麼要不辭而別呢？你知道我有多麼想你？我好想見你哦……」

東崇慢慢後退，但他身後是被他剛才回擊的那一下壓得爬不起來的東明饕餮，他想退都無路可退。

愛爾蘭依然慢慢的向他接近，「其實我也想過了，你和那個女人說一句話又怎麼樣呢？沒關係嘛，我不需要打你，只要打她就好了嘛。打你的時候我好心疼的。可是我去找你的時候你在幹什麼？你在教一個死小孩走路！我就在你旁邊站著，我站了好久好久啊，你卻沒有看到我。就因為他是你的共生體？就因為這個該死的原因？憑什麼我就不行？嗯？我不是你的情人嗎？是你的共生體重要，還是我重要？」

「當然是……妳重要……」東崇真想踢開身後的東明饕餮逃走算了。

「胡說八道！」她尖叫：「我重要你會看不見我嗎！我重要你會拋棄我和那個死小孩在一起嗎！我重要你怎麼不和我共生啊！東崇！你這個負心賊！」

她的火焰又竄高了一些，看得出她更生氣了。

其實東崇不該怕愛爾蘭的，原本他怕她也只是因為她是雌性，真的和她動手只會傷了自己的名號。可是現在不同，東崇為了救小時候的東明饕餮，把一半的力量都給了他，又為了幫他再造身體而元氣大傷，現在的東崇根本不是她的對手。

他本能的再退一步。身後的東明饕餮大概已經站起來了，所以他這一步退得沒有阻礙。

「東崇……就是她嗎……」身後的某人悄悄問道。

東崇流著冷汗點頭。

身後傳來水果拼盤掉到地上的噹啷大響。

愛爾蘭稍微傾斜了一下身體，疑惑的看著東崇身後的影子，「他是誰？」

躲在東崇身後、背對著他們的東明饕餮倒抽了一口冷氣，渾身僵硬。平時別人總是忽略他，為什麼今天卻偏偏……

「他是誰？」

東崇把東明饕餮再往背後推一點，戒慎後退。

「……」她忽然笑了，「我知道了……他是……」她的妖力全部聚集到了手上，雙手發出強烈的白色光芒，「他是——你的共生體！東明饕餮！」

她向他們猛撲過去，身上所掛的那七、八個紀律維持人員在空中盪著，他們的體重對她來說完全沒有任何阻礙作用。

「哇呀我的媽呀！東崇——」東明饕餮不受控制的慘叫。

東崇轉身扛起他，朝她撲來的反方向逃走。

※◆◇◆◇◆◇◆※

噴火的女人身上掛著七、八個人去追擊兩個男人，不管會場再大，這種組合也很顯眼，樓厲凡很快就發現了他們。

「理事長，那個好像……」

貝倫也看見了那讓他滿頭青筋的鏡頭，狂怒的握緊拳頭。這舞是跳不下去了！

「愛爾蘭！」

他忘了自己的手心裡正攥著舞伴的手，樓厲凡覺得自己的骨頭快碎掉了，臉部表情痛得扭曲卻一聲都不敢吭。

「我們的帳以後再算……愛爾蘭妳給我停下！」

他甩下樓厲凡，怒吼著向噴火女郎飛撲過去。

樓厲凡當然不會傻傻的等他回來算帳，踉蹌著扔掉那雙該死的高跟鞋，他光著腳提起裙子向霈林海和天瑾所在的地方跑去。

「霈林海！天瑾！我要離開這裡！」他邊跑邊吼，「我們快走！」

看見穿著裙子的樓厲凡狼狽跑來，天瑾微微勾了勾嘴唇，「我要看戲，這麼精采的戲不看完怎麼能走。」

「霈林海！你跟我走！」樓厲凡又吼。

霈林海囁嚅著，似乎有什麼話想說卻又不知道該如何開口才好。

「好！你跟她是同一條船上的了！」他氣憤的說著，想從他們兩個之間穿過，卻被他們一人一邊架住了手臂。

「不能走了喲。」天瑾似乎在冷笑，又似乎很快樂。

「放開我！妳這個多事的女人！」樓厲凡不想和這個看盡他醜態的女人多處一秒鐘。

「用你那雙瞎眼往門口看一眼怎麼樣？樓小姐？」

——她是真的在幸災樂禍吧？

樓厲凡這麼告訴自己，卻忍不住往門口看了一眼。

張嘴。

愣住。

「啊……糾察……」

真的走不了了……

那木乃伊好不容易把腦袋從天花板的窟窿裡拔出來，遵從地心引力的原理自以為瀟灑的降落到地面上，還臨時擺了一個風騷的 POSE。

「喔呼呼呼呼……這才是我期待的平安之夜！多麼青春！多麼熱血！大家是不是也和我一樣興奮呢？喔呼呼呼呼……」

「喀嚓。」

木乃伊看看自己的身體。

「好像腿又斷了……哈哈哈——」第四聲「哈」沒有笑出來，他抱著自己的腿開始在地上打滾，「好痛痛痛痛痛呀呀呀呀——」

專注於自己傷勢的他，一點也沒發現自己位在那幾個玩追逐戰的人必經的道路上。

扛著一個人的人跑來，從他身上踩過。

他慘叫。

噴火女郎跑來，從他身上踩過。

他慘叫。

一名白袍的男子跑來，從他身上踩過。

他慘叫。

「……」

他安靜了下來，再有人去看時發現他似乎已經斷氣了。

羅天舞、蘇決銘、樂遂、公治這四人組不知怎的和魔女專科學院的幾位美女掛上了勾，興奮不已的在她們身邊大獻殷勤，一會兒遞飲料、一會兒遞水果，偶爾說一些奇怪的話，能把美女們逗笑就是他們最卑微、最幸福的願望了。

不過，可惜的是他們有四個人，魔女專科學院的美女卻只有三個，是真正的狼多肉少。為了獻開普拉甜點給其中一個小魔女，羅天舞和蘇決銘開始了男人之間的戰爭。

「蘇決銘！你給我注意一點！開普拉是我要的！」

「你想要就再去要！」

「啊——那是我獻給美女的！」

小魔女嬌笑。

「爆裂詛咒！」

「徒手次元洞！」

「轟！」

「你們兩個別吵了……」

「啊！吵死了！封印符咒！」

小魔女笑得更嬌媚了。

「公治你敢封印我！」

「天劫咒詛！」

「次元洞次元洞次元洞！」

「哇啊啊啊——」

「你們都給我清醒一點！水淨化——」

「嘩啦！」

爭執的幾人同樣沒有發現自己正在別人跑路的必經路線上，只聽匡噹一聲巨響，以及幾聲慘叫之後……

扛著一個人的人把他們全部撞翻，從他們身上踩過。

噴火女郎跑來，從他們身上也踩過。

一名白袍的男子跑來，從他們身上再踩過。

「……」

幾人口吐白沫……

「她們為什麼還不採取行動……」樓厲凡喃喃的說。

霈林海苦笑道：「好像在等……」

「等？」

「愛爾蘭！」貝倫手指發一道金光向愛爾蘭的頭部而去。

愛爾蘭的路線被一個礙事的學生擋得微微一變，正巧躲過。金光砰的一聲打中了最前面逃命的東崇的後腦杓。東崇僕倒，他肩上的東明饕餮被他壓在了下面，險些斷氣。

「東崇！」貓女身上掛著滿滿的人，向他們兩人猛撲過去。

貝倫往前猛然跳躍想伸手拉住她的尾巴，卻差了一點而沒有成功。

可憐的四人組由於在魔女們面前顏面盡失而憤怒不已，帶著他們傷痕累累的身體朝踩他們的罪魁禍首襲去，「你們好大的膽子！賠償！賠償！」

「愛爾蘭貝倫東崇東明饕餮你們居然敢踩我——！」木乃伊尖叫著，也拖著他那一條斷腿以奇快的速度向貓女撲去。

「愛爾蘭我說過我沒有背叛妳……呀——」

「救命！真的不關我事——」

「水淨化！」

「次元洞！」

「詛咒！」

「符咒！」

「殺了你們！」

「救命呀——」

「愛爾蘭妳給我老實回家！」

「喵嗷——嗚！」

爆炸、火焰、黑洞、電光，妖力與靈力混合，巨響和慘叫連連，已經分不清誰是誰了。

「該出來了……該出來了……」樓厲凡叨唸著。
霈林海慘笑，「再不出來就真的要出人命了。」
天瑾看他們一眼，「要不要賭賭看她們在幾秒鐘之後出現？」
樓厲凡一歪嘴，冷笑，「那還用賭嗎？五。」
「四。」
「三。」
「二。」
「一。」
「零！」
「Holy, holy, holy! Lord God Almighty!」
清揚而空曠的歌聲驟然響起，二十二名白袍少女在半空中憑空出現，合力拿著一張巨網向處於大混亂狀態的中心點拋下。
「Early in the morning our song shall rise to Thee……」
扣下的網中央鼓出來的部分出現了驚人的掙扎，有一處甚至鼓起一個一人多高的鼓包。
「Holy, holy, merciful and mighty!」少女們繼續高唱著讚美詩：「God in three Persons, blessed Trinity! Holy, holy, holy! All the saints adore Thee……」

巨網收緊，像擰麻花一樣擰轉了起來。裡面的掙扎更加激烈。

「All Thy works shall praise, Thy Name, in earth, and sky, and sea; Holy, holy, holy; merciful and mighty! God in three Persons, blessed Trinity!」

巨網中央被捆住的東西已經完全沒了反應，似乎裡面的人已經昏過去了。

少女們在巨網周圍如放射狀般的散開落下，其中一人正想接近那網，裡面的「東西」忽然又開始死命扭動，把她嚇了一跳。

「Holy, holy, holy!」少女們齊聲歌唱。

巨網又沒動靜了。

帕烏麗娜和海深藍兩個人將這場混亂的開始與結局看了個清清楚楚，卻一直不知躲在哪裡看戲，遲遲沒有出面，直到少女們將混亂之首困住後才慢慢的走了出來。

不知是誰先拍了一下手，然後所有的學生以及教職員——包括帕烏麗娜和海深藍兩位，全部鼓起掌來。

「多謝靈異糾察組這幾天為我們的賓客、以及今晚的所有人帶來的歌聲，並且——」帕烏麗娜用優美的姿勢拍著手，微笑著說：「感謝她們為我們解除了今晚最大的麻煩，請讓我們用最誠摯的心情向她們表示感謝！」

「這是我們的工作。」

唱詩的領頭女孩笑著說，向大家彎腰施禮，其餘的女孩也這麼做。

大家的掌聲更加熱烈了。

沒錯，她們就是帕烏麗娜讓那個神秘人士請到這裡來保駕的靈異糾察組。

每年的聖誕節都有靈異人員惹是生非，自然每年各地就會有靈異糾察組在四處糾察。靈異糾察組的成員年年都不一樣，為了安全，糾察組必須在聖誕節之前就在自己的管轄地區內無聲無息的混入。所以，有時候尋找糾察組也是某些人的樂趣——當然不是這些被抓的人的樂趣。

今年，這些少女就是拜特學院地區的糾察組。原本這裡應該是級別更低一點的糾察組來的，但是帕烏麗娜知道今年比較不一樣，因此特地讓那人聘請了級別最高的糾察組——聖瑪利亞唱詩班的少女到這裡來執行任務。

事實證明，她做對了。

女孩們拖著網，邁著整齊劃一的步伐離開，留下滿屋子的狼籍與倖存者們。

十二點了，學院的鐘聲自動敲響，悠揚的在學院的每一個角落振盪迴響。

一，二，三……九，十，十一，十二！

「Merry Christmas！」不知道誰高聲說了一句。

「Merry Christmas！」帕烏麗娜舉起酒杯。

「Merry Christmas！」所有的人舉起酒杯，再次形成手臂的森林。

※◆◇◆◇◆◇◆※

那麼，被抓走的人到哪裡去了呢？

總第一六〇號，重型二級靈能監獄──

由於靈能犯罪的特殊性，靈能監獄被分為輕型和重型兩種類型，這兩種類型又被分為十八個等級，以獄警和囚犯的能力高低為標準分類，與罪行輕重本身並無關係。

拜特學院中和那九個搗亂的人一起被抓走的紀律維持人員已經被釋放，因為騷動和他們沒關係。剩下的東明饕餮和蘇決銘等四個人被關在輕型三級監獄裡反省，東崇、愛爾蘭和貝倫則被關在重型監獄裡，只有拜特校長不知所蹤，究竟是被關在為特殊囚犯準備的特別監獄裡還是已經脫逃，其他人不清楚，也懶得去關心。

監獄就是監獄，不管是為靈能者準備的，還是為普通人準備的，都差不多。

白色的牆壁、黑色石質地板、厚厚的鐵門，還有和鐵門正相對，只夠一個人爬出去的鐵窗，靠牆的地方擺著幾張床，其他的一無所有。

當然，靈能監獄和普通監獄是不同的，尤其這裡是重型監獄。看似一無所有的牆壁和門窗上全部畫有隱形的符咒，普通的壁障便化作了強韌得可怕的銅牆鐵壁，就算以樓厲凡的技術再加上霈林海的能力，也絕對無法將之打碎。

一六六房，這裡面關著的三位都不是人。

一般重型監獄裡很少關押純人類，因為能擁有進入重型監獄能力的人類並不多。因此，所謂的重型監獄其實應該叫做非人類監獄才對。

「東崇你果然是移情別戀了！」

房間內，一隻體型巨大、擁有一身棕花色皮毛的山貓，正四爪站在一個好像已經死掉的人——不，應該說是殭屍——的肚子上抹眼淚。

「你就是為了那個死小孩才想跟我分手對不對！你這個負心的傢伙！為什麼不直接告訴我！為什麼要找那些理由騙我！難道我是那麼不通情達理的人嗎！我好傷心！你居然是這麼看我——」

她已經絮叨很久了，從免費住進來開始就這麼逼問，如果東崇是普通人的話，八成就真的死了。

「愛爾蘭。」正臥在窗戶下方享受月光的巨大白狼忍不住開口：「如果我記得沒錯，妳應該是六十多年前跑到我那裡說妳被遺棄了，我才讓妳當校長的吧？妳認為那小孩今年有六十歲嗎？」

靈能監獄的隱形符咒有讓妖怪強行脫出人類形態而變回原形的能力，即使是愛爾蘭和貝倫也無法避免。

愛爾蘭好像被噎住了一樣，半天沒有吭聲。

其實她不一定真的忘記了時間，但是心裡的鬱悶不發出來就不爽，簡單的說，就是在用東明饕餮和他撒潑出氣。

躺在地上做屍體狀的東崇始終都沒有開口說半句，因為他知道不管他怎麼說，愛爾蘭都不會明白。他不是不愛她，當然更沒有變心過，那時候的他只是受不了她的任性，想和她分開幾天讓她冷靜想想，這樣對他們之間的關係有好處。

但是他忘了貓的驕縱和傲氣，她根本沒聽清楚他想說什麼就已經撲了上來和他廝打，並且邊打邊哭說他敢分手就殺了他。

他不得已，只得逃出家門。逃出來後的他短時間內根本不敢回去，只有耐心的等著她消氣，可沒想到，等一個月後他悄悄回去的時候她已經不見了，他們同居的地方也被拆成了一片廢墟。

她大概是真的以為他想和她分手吧？可是他沒有這個意思啊，幹嘛一定要把事情搞成這樣呢？

這麼多年以來，他一直很想找她，也知道她大概在什麼地方，但卻沒有與她的爪子抗衡的勇氣，只有一年拖過一年，直到現在。

山貓沉默了一會兒，又嚶嚶的哭了起來：「我知道我亂吃醋不對，可你也不能就這麼判我死刑！明明我還是你的情人你卻和那個死小孩那麼親密你就是故意讓我看對不對！你想讓我死心對不對！我不要我不要我不要！我才不要分手！小崇——」

無論她說什麼東崇都可以裝作沒有聽見，但是這一句他卻一定要解釋一下才行。

「妳誤會了，我不是故意和他親密，只是……」

如果我不救他、他就被妳燒死了——這一句話他還沒來得及說出來，山貓的鼻子用力哼了一聲，把巨大而尖利的牙在離他臉很近的地方凶殘的亮了亮，他不由自主就把後半句吞了回去。

「……只是？只是什麼！你過去沒有變心，可是現在卻已經變心了對不對！」她尖聲吼叫：「我猜得沒錯吧！雖然那時候沒有遇見他，可是你現在遇見了！你覺得他好是不是？不想和我復合了是不是？你這個負心的人！我討厭你討厭你討厭你！」

她強悍的爪子在他的胸前猛抓猛播。

如果她是「女人」的話，現在的情況可以被稱為「撒嬌」或者「發嗔」，可她現在是原形，是一隻山貓，這種行為根本無異於殘忍的凶殺。

東崇聽見自己的骨頭被她抓得喀喀作響的聲音，胸前的衣服也被扯得稀爛，眼看她似乎連他的腸子也要扒出來了。

「住……住手！」他可不想死在她手下，開始死命掙扎起來，「愛爾蘭！哇——呀……啊啊——放開我！疼……疼疼疼疼啊！貝倫！你不管她嗎！她真的想殺了我——」

貝倫伏在自己的前爪上，閉上眼睛垂下耳朵，裝作沒有聽見他的呼救。

「愛爾蘭！放開啊！啊啊——我的骨頭！呀——妳要把我的內臟也扒出來了！——哇啊啊啊啊——！」

門口傳來嘀嘀幾聲電子音，獄門喀一聲打開了。

「你們三個，有人來認領——」女獄警的話沒說完就噎了回去，和她身後的兩個人一起愣在那裡。

門內，白狼秉行著非禮勿視的原則背對門口趴在窗下，一個男人躺在地上，一隻山貓趴在他身上，以他凌亂的衣物來說，怎麼看都像是正在……

「……所以我提出申請要求把男女犯罪者分開關嘛，為什麼總是駁回我……」女獄警身後，一身法官服飾的三十多歲男子面無表情的這麼說。

「可是自從你提出輕度犯罪也要接受監獄禁閉的條款之後，監獄已經人滿為患。」他身邊像是秘書的高䠷女子推了推鼻梁上的眼鏡，同樣面無表情的說：「如果再提出男女也要分開，就沒地方關押犯罪者了。」

狼站起來，抖了抖身上的毛，看向那個男法官。

「多年不見，雪風大法官。」

雪風聳肩，冷淡的一笑，「帕烏麗娜向我借糾察的時候我還在想，為什麼今年居然要級別最高的唱詩班……原來是你們。難怪了。」

山貓這才發現有其他人出現，爪子微微鬆了一下，東崇拚命從她身下掙脫了出來，拉緊自己破得像被人非禮過的衣服向他打招呼。

「你……你總算來了！雪風！」

「我接到東崇的求救電話就趕來了，他說這裡有三個人，但我沒想到居然是你們……」

雪風嘆口氣，彈一彈手中一張薄薄的紙，向他們一亮，「這是釋放令，你們可以走了。」

「大法官，這是第一次，也是最後一次，」秘書模樣的女子嚴肅的說：「您是輕型大法官，以後請不要再涉足重型領域，否則我就以越權罪告發您。」

雪風腦袋上冒出青筋，看著她生硬的一字一句道：「我知道了！秘書官女士！」

東崇有些愕然，做朋友這麼久，這還是他頭一次看見雪風這個樣子。

貝倫走到了他們身邊，抬頭問道：「這位女士是……？」

雪風有點彆扭的轉過頭去，隨意的指了她一下，「我妻子，現在是我秘書組的秘書官，克瑞絲。」

克瑞絲禮貌的伸出手去和狼爪握了一下，然而，在她想與東崇握手時卻發現有兩道仇視的目光從某對貓眼中向她射了過來。

「這位是……？」她詢問的看著東崇。

東崇還沒有答話，山貓已經向她亮出了滿口的獠牙，「我是東崇的妻子愛爾蘭！」

東崇摔倒在地。

「我怎麼不知道妳已經結婚了？」貝倫說。

「……只不過還沒有結婚！」她補充。

「……」既然還沒結婚就不要說是他妻子啊！

「不管怎麼樣……」雪風歪歪頭，連假笑都快笑不出的嘆氣說：「我們……先走吧，在這種地方敘舊可不是什麼好主意。」

他在前面先退了出去，剩下的人魚貫而出。

東崇跟在所有人身後慢慢走出牢獄，剛剛站在走廊中央，忽然聽到身後有輕輕的呼喚。

「東崇！」

他回頭。

扶著門框站在門口的愛爾蘭變回了她成年女子的樣貌，長髮曳地，豔美絕倫，更重要的是，她看著他的眼神中充滿了讓人心疼的幽怨。

「愛爾蘭？」她的確很美，如果不是她太過暴躁，他們在一起靜靜的過一輩子也不錯。

「我並不是故意要欺負你……」她泫然欲泣的說：「其實我只想知道，我只想知道你為什麼想和我分手？我哪裡做錯了，讓你一定要拋棄我？」

「……我沒有想和妳分手。」

愛爾蘭尖利的指甲抓斷了門框，「你說謊！」

「是真的。」東崇冷靜的說：「我只是想讓我們分開幾天，冷靜一下而已，誰知道妳就消失了。」

——消失了，之後再不見妳的蹤影。

一顆顆淚珠從她的臉上滑到脖子，有的掉落到地面摔得粉碎。

「那你為什麼不告訴我！你為什麼不說明白！你讓我痛苦了六十年！六十年！」她嚎啕大哭：「我明明那麼愛你，卻每天都想著要怎麼抓住你把你撕成碎片！我好矛盾好痛苦！你知不知道！」

——又不是我的錯……好吧，是我的錯……

挫敗的東崇嘆了口氣，走到她的身邊，將她抱在懷裡。

「一切都是我的錯，對不起……」

她哭的聲音更尖更高亢了。

已經走到走廊盡頭的雪風和貝倫等人回頭看了他們一眼，很有默契的靜靜離開。

※◆◇◆◇◆◇◆※

聖誕節結束三天後，被糾察隊逮捕關押的東崇、東明饕餮、羅天舞、蘇決銘、樂遂、公治回到了拜特學院，貝倫和愛爾蘭則回到了零度妖學院。至此，熱鬧的聖誕節事件才算完全的落下了帷幕……

嗯？還沒完？還少一個人？真的嗎？不會吧？還少誰？

總第十一號，重型二級靈能監獄，特別監禁間——

「啊——我好歹也是校長！你們怎麼能把我忘了！為什麼救他們出去不救我！來人吶！我的特赦令在哪裡！雪風！帕烏麗娜！我可愛的學生們！我的拜特學院！救命——」

《變態靈異學院02一起臥底去誘惑狼男吧》完

番外1

白雪公主和青蛙王子

當樓厲凡被霈林海從睡夢中搖醒的時候，講臺上的具象現老師正悲憤的看著他，手裡還拿著幾根殘破的小木棍……不對，應該是被硬生生掰成幾截的木質教鞭。

——果然是熱愛復古的傢伙啊，寧死都不用鐳射教鞭……

這是樓厲凡完全不在狀況中的想法。

「樓——厲——凡！」可憐的老師顫抖的指著他，「你剛才在幹什麼！你在我的課上你在幹什麼！你居然在我的課上你——」

「睡覺。」樓厲凡平靜的回答。這是實話，沒什麼好隱瞞的。

具象現老師臉色一陣青一陣白，基本上處於瀕臨爆發狀態。

「樓厲凡……我告訴你！你不要以為你年紀輕輕達到 80hix 以上的級別就了不起了！你就算達到 100hix 以上我要你不及格你就是不及格！」

樓厲凡掏掏耳朵，「你這次又要留什麼奇怪的作業，直說吧。」

具象現老師的血液直往腦袋上湧去，「啊——樓厲凡你不要太看不起人！之前的作業都不算什麼！這回我非收拾你不可！」

他抓起粉筆，在古老的黑板上狠狠的劃下一條粗粗的線，而那條線的上面，寫著碩大的四個字——青蛙王子。

「你這次的作業就是給我演這齣戲！沒有布景！沒有道具！沒有服裝！沒有配角！只准你一個人演！你要給我從頭到尾演下來！連配角也要給我具象現出來！明天我的課上就演！否則我扣光你的學分！」

樓厲凡懶懶的打了個呵欠，「老師，請容我提醒您一下，對活動人類的具象現是三年級的課程，根據校規一千三百零四條，隨意增加學生學習困難者，薪水連降三級……」

具象現老師的老臉都綠了，「很好嘛……樓厲凡你居然反過來將我的軍……好好……老師我就大發慈悲一回，你可以不用配角！但舞臺上還是不准有一件真實的東西！否則我就扣光你的學分！下課！」

老頭氣急敗壞，拂袖而去。

那老頭走後，羅天舞他們和霈林海從旁邊圍上來，關心的問：「怎麼會這樣啊？你不能老在他課上睡覺啊，看他氣得……這次你的學分真的危險了……」

樓厲凡冷冷一笑，「他敢！」

霈林海一驚，慌忙拉住他一隻袖子，「厲凡！你可千萬不能被他激得揍他啊！」

樓厲凡不耐煩的甩開他，「你以為我還是小孩子，這麼容易就被他撩撥起來？」

蘇決銘插嘴道：「可是這次真的很難啊，對我們來說能做三件具象現的東西已經很困難了，更何況這次居然是整個舞臺的道具布景和服裝啊！」

樓厲凡又是冷冷一笑，「你們放心，那個老不修難不住我的。我自有辦法……」

※◆◇◆◇◆◇◆※

第二天，又是具象現課上。

老頭笑得一張老臉跟朵菊花似的，緩步走上講臺。

「哈哈哈哈……樓厲凡同學，想必你已經準備好了吧？不知道你的節目是不是會和你的能力一樣好呢？哈哈哈哈……」

樓厲凡攤手，造作的嘆了一聲，「唉，老師，您真要這麼看？」

老頭的臉擠得更緊密，連五官看起來都像菊花一樣。

「是啊是啊，請樓同學千萬要不吝賜教啊！哈哈哈哈……」

樓厲凡緩緩站起來，緩緩走到講臺前，再度盯著具象現老師的老臉，「我再問一次，老師您真的要這麼看，不後悔？」

老頭斬釘截鐵道：「不後悔！」

樓厲凡攤手，「那好吧，老師您可千萬不要笑啊。」

老頭滿面春風，「不笑，不笑。」

樓厲凡的嘴角抽動了一下，嚴肅的說：「那麼，我就開始演了。」

樓厲凡空手舉起，做出一個很造作的蘭花指姿勢，從地上空空的撿起一個並不存在的東西，一下一下有板有眼的拍著，然後聲音平板的說：「我是公主，我在玩球，哎呀，我的球掉到井裡去了，有一隻青蛙跳上來。我是青蛙，我對公主說，妳如果想要球的話……」

全班哄笑，不只是為了樓厲凡的演技，更是為了他的大膽。連霈林海都笑得快直不起身來了。

「Stop！Stop、Stop、Stop！」具象現老師的臉都青了，「你到底在幹什麼！你演的這是什麼玩意！」

樓厲凡從口袋裡掏出一張紙條，看了一眼，仍然聲音平板的說：「《世界童話集錦》，3301年出版，第二版三百六十五頁，《青蛙王子》，作者是……」

「我不是問你這個！」老頭聲嘶力竭：「你的道具呢！你的布景呢！你的服裝呢！」

樓厲凡聳肩，「是您自己說的，不要道具、不要服裝、不要布景……」

老頭張大了嘴，全身都在咯咯達達的顫抖。

「老師，您沒事吧？」樓厲凡不甚真心的問道，「還要我繼續演出嗎？」

老頭的臉漲成醬紫色，根本連話都說不出來。

樓厲凡觀察著他的表情，似笑非笑的說道：「哦，看來老師的意思是我不需要再演了，那麼再見，順便提醒您一下，這次我的課堂分數可是滿分，請一定要記錄……」

老頭再次拂袖而去。

學生們喊：「老師啊，今天好像還沒開始上課……」

※◆◇◆◇◆◇◆※

再次的一堂具象現課。

「樓厲凡！你給我站起來！你給我把這裡和那裡都背出來！現在就背！」

樓厲凡睜開矇曨的睡眼，看了青筋暴露的老頭一眼，回答：「只有小學生才背課文。」

然後又倒回了課桌上。

具象現老師怒火三千丈。

「樓——厲——凡——你給我站起來！」

樓厲凡睜開眼睛，不情不願的看著黑板，老頭抓出一根粉筆，在古老的黑板上又狠狠劃了一道粗粗的橫線，橫線的上方還像上次一樣寫了四個字，不過這回不是《青蛙王子》了，而是《白雪公主》。

「我告訴你！這次你別想要花招！我這次要看到道具！確確實實看到！但一件真的也不准有！否則我扣光你的學分！」

老頭氣哼哼的拍拍手，早就被淘汰成古董的粉筆灰飛得到處都是。

趁著老頭又開始講具象現的偉大原理，霈林海擔心的戳戳樓厲凡，「你這次怎麼辦？他真的要你用具象現做東西啊……那麼多道具……」

樓厲凡露出一個意義不明的笑容，「那麼多道具……道具怎麼了？就算創造出全世界也不是什麼難事，你看著辦好了。」

「全世界？！」

樓厲凡在桌子下狠狠踹了他一腳，「小聲點！」

「對不起……」

瞥一眼講臺上一邊講課、一邊看著他，臉上還帶著得意笑容的老頭，樓厲凡也笑了。

「誰笑到最後還不一定呢……」

※◆◇◆◇◆◇◆※

幾天後的具象現課，上課鐘聲還沒響，所有的學生都對樓厲凡射去了同情的目光。

「這回你真的沒問題嗎？真的真的嗎？」

霈林海快擔心死了，忍不住反覆的向樓厲凡確認。樓厲凡卻一反常態，對他絮絮叨叨的婆媽行徑沒有做任何鞭撻。

「沒事，你放心，那些東西根本不算什麼。他本來不是還想讓我一個人扮演所有的配角嗎？不如這回就讓他如意……」

老頭得意洋洋的跨入教室，驕傲自得的目光瞥了樓厲凡一下，嘴邊的笑就抑制不住了。

「樓厲凡啊樓厲凡，真不知道你學分被扣光的時候，你還能笑得出來嗎？哈哈哈哈哈哈哈……」

樓厲凡冷笑，「多謝老師關心，不過每次都是這種贏了對我沒半點好處，輸了就要我統統輸光的賭注，我又何必和您賭？」

老頭以為他想用激將法讓自己放棄，立刻加緊追擊：「你是怕贏了也白贏是吧？雖然你不可能贏，不過……這樣吧，你萬一贏了，我就送你七十個學分，怎麼樣？」

學生們一片譁然。

七十個學分啊！有了這七十個學分，只要不犯什麼錯誤的話，樓厲凡根本連考試都不需要就能過了！

「好，成交！」樓厲凡非常爽快。

「好……非常好……哈哈哈哈……非常好！」

老頭的那個笑喔……讓人害怕他那一口殘缺不齊的牙是不是會忽然從嘴裡掉下來……

樓厲凡微笑——不，應該叫做「陰笑」的走上講臺。

「老師，七十個學分。」他再次確認。

老頭猛點頭，「是啊是啊，絕不食言！」

樓厲凡從口袋裡拿出一個不足半個手掌大的東西，狀似喇叭，後座有一方形小盒。老頭在看到那個小東西時，笑容慢慢的、一點一點的消散，而他的嘴在同時也越張越大……

「不管怎麼說這都是老故事了，雖然我只找到老式版本的，不過應該也沒什麼吧。」樓厲凡嘴裡說著，手下在方形小盒的屁股後面一按。

一個美麗的卡通女人坐在窗邊，一邊織布一邊唱：「我要生一個女兒，她有黑夜一樣的眼睛，血一樣鮮紅的嘴唇，白雪一樣可愛的肌膚……」

「如果你覺得這不是真人的話……」

樓厲凡又按了一下。

一個女人趴在陽臺上聲嘶力竭的喊：「羅密歐！噢！你為什麼是羅密歐！」

底下的男人像快要斷氣了一樣嚎：「茱麗葉！噢！妳為什麼是茱麗葉！」

學生們哄堂大笑。

樓厲凡的表情連動都不動一下，「不好意思，錄資料的時候好像出了點錯誤。」他又按了一下，大家面前的景象又變了。

美麗的白雪公主像小兔子一樣可憐的跪在獵人面前，「求求你，放我走吧……」

樓厲凡晃了晃手中的東西，美麗的白雪公主影像在空中跳來跳去。

「如果老師還想看別的版本，我可以把這個立體投影儀借給您，不過這東西是我從圖書館借來的，如果老師喜歡，我可以向圖書館買下來，以感謝老師送給我的七十個學分。這麼簡單的課程就給這麼多分，真是不好意思。」

老頭看著他，看了他許久，那眼神中包含了如許的傷心、失望、痛苦……

就在樓厲凡考慮是不是玩得有點過火，老頭是不是會活生生的被自己氣死的時候，只聽哇的一聲，老頭淚如泉湧，一把推開他就帶著兩道噴泉跑了出去。

「哇！奇景！」羅天舞趴在門口讚嘆。

「人體噴泉。」蘇決銘趴在他上方驚嘆。

「當心被他聽到，那個睚眥必報的傢伙可有很多種辦法收拾我們的。」公治說。

也正想發表一聲感嘆的樂遂「咻」的一聲回到了自己的座位，另外兩個人也慌忙逃竄了回來。

※◆◇◆◇◆◇◆※

俗話說，報復是無止境的……

又是一堂具象現課。

樓厲凡睡得依然很香。

所有學生們都正襟危坐，連別的年級、別的班都有人跑了過來，把本來就不太大的教室擠得滿滿的，也不知是要停課還是來看戲。

課程，已經進行了二十分鐘。

教室裡靜悄悄的，從剛才開始老頭就已經莫名的停止了講課，周圍簡直靜得能聽見繡花針落地的聲音。

老頭手裡拿著書，惡狠狠的看著睡得香甜的樓厲凡。

「樓——厲——凡——！」

窗外經過的鳥劈里啪啦往下掉，窗戶「啪喳」一聲裂了兩扇。

所有的目光刷地一下統統集中到了樓厲凡身上。

其實從剛才起，絕大部分的目光也都在他身上。

在眾目睽睽……不，眾望所歸中，樓厲凡從桌子上直起了身體。

「老師……有何指教？」樓厲凡的眼睛非常清明，根本看不出是幾秒鐘前還在大打瞌睡的人。

「老規矩……節目。」老頭笑得很幸福，好像早已勝券在握。

樓厲凡按了按太陽穴，「老師這回又想看什麼？《美女與野獸》？《小美人魚》？」

老頭笑得整個臉只剩下了一張黑洞洞的嘴，看來他真是篤定自己會贏。

「樓厲凡，我告訴你，我這回不會讓你耍花招的。」老頭說著，忍不住仰天大笑，「我終於發現問題了！上兩次都是讓你準備得太久，被你鑽了時間的空子，讓你和別人商討出那種該死的辦法！不過這回不會了！你現在就給我表演！哈哈哈哈……不准用任何道具！不准用任何儀器！我要看到舞臺上的所有東西！但是一件也不准是真的！劇碼你隨便挑！哈哈哈哈……啊哈哈哈哈……」

樓厲凡拿起筆，在指間轉來轉去。

「老師啊，我想請問一下，什麼叫具象現能力？」

老頭大概真的心情很好，所以沒有對這個基本中的基本問題生氣，而是爽快答道：「連這個都不知道嗎？所謂的具象現，就是用精神力量把精神中勾繪的東西現實化，能看到、能碰到、能摸到！有些人的具象現在現實裡就可以進行，有些人的具象現必須透過夢的媒介！這可是很高級的能力！我就是不明白你為什麼就是不喜歡學……」

樓厲凡不耐煩的做了一個「stop」的手勢，「好了、好了，我明白了，你要一個具象現的節目是不是？」

老頭肯定的點頭，「沒錯！」

樓厲凡的唇角微揚，露出了一個詭異的笑容。

「你想看……那自然就看得見了……」

電光石火間，他們的目光，在空中相遇。

老頭像被施了定身法一樣，定定的站在那裡不動了。

樓厲凡微笑的看著他，他呆若木雞的看著樓厲凡，四目對視，那叫個天崩地裂，那叫個海枯石爛……

霈林海大驚失色，低聲道：「厲……厲凡……你難道是對他……你不會是對他……」

樓厲凡冷笑，聲音在教室裡悠然迴盪──

「呵，你就大聲說出來吧！我對他用了催眠術，他現在正看著他想看的任何節目呢，怎麼樣？有什麼不對嗎？」

霈林海語塞。

是，沒什麼不對，老頭只說過讓他用具象現，可沒說是在什麼情況下。現在「樓厲凡」正在他的催眠意識中使用具象現，誰也不能說他沒完成課題。

而且催眠術和具象現是同宗不同族的能力，反正同樣是讓人能看到、能碰到、能摸到，唯一不同的只是一個是真的，另外一個是假的罷了。

學生們目瞪口呆的看著可憐的老頭。身為老師，居然會被自己的學生強迫催眠，這也實在有點……

時間一分一秒的過去，五分鐘後，催眠術解開了。

老頭忽地再次淚如泉湧。

「媽媽！他們欺負我！」他一邊悲傷的大喊，一邊造作的奔了出去，兩隻橘子皮一樣的老手上還捏著蘭花指。

教室裡像炸開了鍋一樣，大家紛紛追了出去。

老頭狂奔出去，很快就不見影子了，追出去的人全都失望而歸。

那次樓厲凡催眠的內容成為大家都在猜，卻誰也猜不到的秘密。

※◆◇◆◇◆◇◆※

從那之後，具象現老頭再也沒有為難過樓厲凡，也沒有再出過什麼難題給任何學生。唯一的問題是，他從此在講課的時候都戴上了一副墨鏡，不管誰引誘都永遠不再拿下來。

「……你到底讓他看見了什麼？」霈林海實在忍不住了，好奇的問道。

樓厲凡微笑，「這可是……秘密啊……」

霈林海這個蠢材當然不明白！

他催眠的是那老頭的精神，那老頭的精神世界只有老頭自己看得到，就算他樓厲凡的本事再大，能進去老頭的精神世界嗎？他只不過是進行了引導而已，至於老頭最後被引導到了什麼地方……那就和他沒有任何關係了！

樓厲凡轉頭看著窗外，落在窗櫺上的麻雀歪著頭看他。他笑了笑，摸出一顆蠟丸，輕輕一彈，麻雀精準的接住，隨即拍翅飛走了。

——呵呵呵……姐姐們啊，妳們的仇我可是替妳們報了，以後就別再嘮叨要欺負那可憐的老頭了吧，只不過是一門課不及格而已。

不過，關於這精神催眠一事，樓厲凡現在不打算告訴霈林海，以後也不打算告訴他，等什麼時候在他的精神世界裡來演一齣，他自然就明白了。

——嗯……該在他心裡演出什麼好呢？群屍大比武？

——呵呵呵呵……

番外一《白雪公主和青蛙王子》完

番外 2

靈能師講鬼故事

點上一百根蠟燭。
圍坐成一圈。
每個人講一個鬼故事。
每講一個故事就吹滅一根蠟燭。
循環，再循環，一直到吹滅最後一根。
然後……你就能看到這世上最恐怖的情景。

※◆◇◆◇◆◇◆※

「……這種古老的東西有用嗎？」樓厲凡懷疑的問。

霈林海和東明饕餮帶著莫名的興奮左右開弓施展點火術，被整齊的排列成圓圈的一百根蠟燭在滿是灰塵的地板上發出明亮的光，不時啪啪的響出幾聲，火光接著跳了一個詭異的舞蹈，隨即又恢復正常。由於都是特製的超長耐燒蠟燭，所以每一根的火光都不強，只有一點圓豆似的光亮，意思意思而已。

「一定有用的！一定有用的！」東明饕餮興奮得連聲音都發顫了，「這可是她們親口說的！瞧啊！這是多古老的技術！多難得！能這麼親身體驗時代懷舊感實在太難得了！」

樓厲凡無語：這不算很難得吧……只不過點火的時候麻煩點……

東崇一直歪在房間角落裡打瞌睡，畢竟對他這種千年殭屍來說，鬼這玩意就像路邊的石頭一樣，那些所謂難得的古代技巧也只不過是他曾經用過的過時玩意而已，就算是為了實習，他也對此毫無興趣。

是的，這是一次實習，連指導的老師都沒有替他們分配，就把這些學生們趕出來自生自滅，號稱不完成此次的實習任務就不准回去。

不過，學校還算有點良心，給每個一年級的學生都配了一個高年級的學長帶著，不管這些學長們教得如何，就算是個垃圾筐說不定也有用呢？畢竟能一起去死的傢伙能多一個是一個，他們對此是絕對不會嫌棄的。

樓厲凡和霈林海這次的實習地點是一所叫伯倫希爾的女校，據說歷經了近千年的風雨飄搖，拜特學院的歷史和它比起來那是差得太遠了。

不過，正因為是如此古老——不僅老得沒牙，連骨頭都老成朽木，對各種妖怪鬼魂之流的東西來說，它可就是電、就是光、就是唯一的神話……

可憐的女校本身有著天生的缺陷——全都是女生，見鬼就像見到搶劫了一樣又嚎又叫，一天到晚只見到女孩子們尖叫著跑過來又尖叫著跑過去，哪還有人有心思上課？

像這種情況，若是沒有人幫忙是不行的，所以伯倫希爾便和拜特學院結成了校際盟友，讓學生們來此進行校外實習，同時……驅鬼。當然，驅鬼的費用不會少給，可惜對學生們來說這卻是義務，錢是一毛也見不著的。

伯倫希爾女校中流傳著各種各樣的鬼怪傳說，比較有名的是「九十九大鬼事」。當然，誰也沒去數過是不是真的一共有九十九個鬼怪事件，反正大家都這麼說，就這麼一直流傳了下來。

這次樓厲凡他們四人被分配到的任務是「九十九大鬼事」之「倉庫裡的百鬼傳說」，就是在倉庫裡最陰暗的角落點一百根蠟燭、講一百個鬼故事，然後等著最恐怖的情景出現的無聊任務。

最可惡的是上面根本不准他們滅鬼，連反抗都不准，只准自保，並且要求他們用微型攝影機把遇鬼過程錄下來，也不知是要賣給哪些奇怪的人還是當成電影特效的參考。

樓厲凡不爽的看著睡得打起了呼嚕的東崇一眼，心裡那個怒啊：他究竟是來幹什麼的！就算不點蠟燭——反正那兩個人點得很高興，就讓他們繼續點去——至少也要準備一下吧？居然睡覺！還睡得那麼香！

……好吧，他承認自己就是嫉妒！如果他待在這種霉味四溢的地方都能睡得著的話，那他的脾氣也許就不會這麼暴躁了。

「旱魃。」樓厲凡終於沒忍住，在他的小腿肚上不輕不重的踢了一腳，「快起來，看看你的攝影機掉到哪了！」

東崇睡眼矇矓的把眼睛撐開一條縫，低頭去看自己胸口像鈕釦一樣大小的微型攝影機，發現它仍在原來的地方，有點茫然的說道：「不對啊，還在……」

一閉眼睛，他又睡過去了。

樓厲凡更怒：這傢伙明明都好幾千歲的人了，怎麼就一點風度都不顧呢！

東明饕餮一個沒注意，褲腳被蠟燭引著了，他慘叫著跳起來，帶著身後的火勢在倉庫裡狂奔。幸虧周圍都是一些訓練用的金屬器具，不然被他這麼跑兩圈，他們四個人就都死在這裡了吧。

霈林海手忙腳亂的在他後面追，想用水咒術替他滅火，卻怎麼也追不上那個簡直拚了命在轉圈的人，發出去的水咒術都淋到了金屬器具上，不知道這一役下來得弄壞多少。

「我說你啊……」樓厲凡盤著腿，托著腮幫子，無聊的看著那個引火焚身的人，「你手下那個半吊子可變成大型火源了，你都一點不擔心？」

東崇微微抬起眼皮，又懶懶垂下，「有什麼關係，反正若我沒死他就不會死，讓他記點教訓也好。」

「……教訓啊。」樓厲凡的眼神跟著霈林海……手裡的水咒術，發現他在距離目標短短十公尺的位置上居然第二十三次打錯地方，於是不得不承認，千年旱魃果然不是白活了千多年的。

好不容易滅了火，東明饕餮哭喪著臉跑回東崇和樓厲凡身邊，讓他們看自己燒成超短褲的長褲，以及熏得焦黑的腿和臉，東崇和樓厲凡很默契的一左一右扭開腦袋，全當什麼也沒有看見。

經過了艱苦卓絕——但很莫名其妙——的努力，他們終於點齊了一百根蠟燭，四個人坐在明如白晝的蠟燭群旁，看著那些閃亮跳動的東西，他們終於發現，他們準備好了一切，卻忽略了一個比點蠟燭更重要的問題。

「喂……」樓厲凡問：「你們會說鬼故事嗎？」

無語。

他們可都是靈能師……候補，除了霈林海外，基本上全都出身自靈能家族，從小就接觸那些鬼東西。

而鬼故事？對他們來說根本就是哄人的玩意。

誰會說他們怕鬼？鬼怕他們還差不多。

可是不講鬼故事的話，倉庫百鬼是不會出現的。這回可真難辦了。

稍微思考了一下，東崇一指霈林海，「我聽說你是從普通學校轉到靈異學校的，你肯定會說鬼故事，來講兩個啟發啟發我們吧。」

霈林海眼睛都直了。天作證啊！他這輩子可是最怕鬼的！來當靈異學校的學生只是因為那一身力量不用可惜，可不是他喜歡這些東西！

他求救般的看著樓厲凡，樓厲凡有些不忍的轉頭……看向旁邊。這個人可憐是可憐，可現在又不是讓自己發揮同情心的時候，這裡面只有霈林海曾經是「正常人」，不指望他又指望誰呢？

連樓厲凡都這樣子，霈林海終於死了心，簡直有些豁出去了的樣子說：「我先說好啊，我講鬼故事的時候你們絕對不准笑……」

東崇嚴肅的點點頭，「我們不笑。」

雖然對他們來說，所謂的鬼故事的確是基本等同於笑話……

霈林海清一清嗓子，開始了他拙劣的講述。

那是個據說很恐怖的故事，一個男人殺了自己的妻子，幾天後男人發現四歲的孩子一點兒也沒問起媽媽，每天該幹什麼就幹什麼。男人很奇怪的問孩子：「你不想媽媽嗎？」孩子則說：「不想啊，你每天都揹著媽媽呢。」

另外三個人盯著火光，發現霈林海沒再講下去，很奇怪的看著他，「怎麼了？怎麼不繼續講下去？」

「……講完了。」霈林海不得不承認，自己小小的自尊心受到了極大的傷害。就算他不會講故事，也不要這麼打擊他行嗎？

「這算什麼鬼故事！」東明饕餮失望道：「只不過是揹在背上嘛，拿下來不就好了？」

「有的時候是拿不下來的……」東崇很認真的對他解釋道：「比如我上次說過的那個女鬼，被一個有百年法力的妖怪加持，到處去作亂。像她那樣的怎麼可能輕易就拿下來？一定要特殊的咒術才行，或者你手上也要加點東西……」

樓厲凡有點不高興，「只有他這種半吊子才需要那麼複雜，我只要空手就能封住她。」

東明饕餮的精神受到了巨大的打擊，樓厲凡可是他崇拜的人，居然這麼說他……

「這位大哥……我也不是沒用的……我怎麼也算個二流旱魃……」

「二流旱魃就是低等殭屍，有什麼不同？」樓厲凡冷冷的回他。

東明饕餮變臉。

東崇慌忙安慰他：「雖然差了半層血緣就不算皇族旱魃，不過你比五鬼高級多了，千萬別灰心啊！」

東明饕餮想起了五鬼，也就是東崇那五具心愛的殭屍青面獠牙的樣子，開始號啕：「我就知道你看不起我！我總有一天要變成真正的旱魃給你看！啊——」

東明饕餮開始憤怒打滾。

你不怕殭屍了嗎——樓厲凡和東崇很想這麼問，不過還是忍住了。

已經被他們完全忽略掉的霈林海淚流滿面。

——怎麼會這樣……不是說要講鬼故事？鬼故事沒講，怎麼先為這種事吵起來了……這樣要什麼時候才能講完啊……明天白天還有課啊……

在這一番雞飛狗跳、兵荒馬亂之中，蠟燭無聲的滅了第一根。

那三個人終於想起了自己今晚的任務，也是直到這時候才注意到霈林海已經怒得開始發黑的臉。

樓厲凡尷尬的看向旁邊，那兩個正宗和不正宗的旱魃都低下頭，一個做思考狀，一個做懺悔狀。

「啊、啊……那接下來我講個鬼故事吧……」東崇做了一個忽然想起來的模樣，嚴肅的說：「其實我的故事還是不少的，這麼多年不僅聽了不少，還親自寫過一些。」

「真的？」東明饕餮已經忘了自己正在扮演什麼模樣了，立時驚訝的接口：「對了，我小時候看過一本叫《冬蟲》的鬼故事，聽起來和你的名字很像，是不是你寫的啊？」

東崇顯得有些得意，「那就是我寫的恐怖小說，都一百年過去了，到現在還有人看，真是慚愧……」

「诶？可我記得我爸把它歸到搞笑小說裡耶，因為我看完都笑得睡不著，家族裡的兄弟們誰想陷害別人就送這個，保證失眠……」

樓厲凡噗嗤嗤的大聲竊笑，連霈林海也慌忙低下頭，掩藏嘴角收不住的笑意。

東崇氣得臉都快成黑的了。

東明饕餮知道自己闖了禍，慌忙安慰他道：「其實那本書還是很好看的，能寫出那麼多搞笑的情節可不容易啊……」

樓厲凡嗤笑得更大聲了，霈林海肩膀使勁的抖。

東崇的臉已經黑得不能再黑。他現在真是無比後悔當初毀掉自己大半修行去救這個該死的臭小子！他當初應該任他去死才對！

東明饕餮發現自己闖了禍，不禁縮了縮頭。他可是接連得罪了兩個人，看來今晚不會太好過了……

「總之！」東崇決定忽略那個臭小子，生硬的說：「我們今晚的任務是要拍百鬼，要引它們出來只需要講鬼故事，但可沒規定要講恐怖的鬼故事！而且我們人少，時間又不夠，一個故事五分鐘都得講到明天早上！從現在開始，只准講短故事，只准短！一個人只有一分鐘時間！就這麼定了！」

樓厲凡和東明饕餮對此沒有表示反對意見，霈林海簡直對東崇感激涕零。

他知道，在這裡面就屬他最沒有發言權。現在只要有個有發言權的，情勢當然立刻能收住，他雖然對自己在這些前輩面前的無能表現感到很悲痛，不過也只能這樣了。

既然大家都沒有表示異議，東崇就自顧自的講了下去。

「這種故事可沒什麼稀奇的……有一個人，經過墓地，忽然聽到後面有人叫他的名字，他就回頭應了一聲，然後就死了。完了，下一個。」

大家大眼瞪小眼。

這個故事的確是短啊，夠短，可是它到底講了什麼玩意……

「唔，說不定是他的朋友……」東明饕餮小聲的說道：「他一回頭就掉到溝裡，摔斷脖子死了……」

樓厲凡想了一下，「又沒說是白天還是晚上，說不定是有人在打棒球，喊他的名字要他讓開，他一回頭就被棒球砸死了……」

霈林海看看東崇更加難看的臉色，有點畏畏縮縮的說道：「其、其實我不太懂……不過也許是『喊鬼』？一叫名字，回頭就吸人精氣的那種鬼……」

東崇怒不可遏，「我是在講故事！誰讓你們玩腦筋急轉彎了！」

「咦？不是嗎？」三人齊聲反問。

東崇覺得自己如果不是旱魃，現在肯定已經因為高血壓心臟病腦溢血死掉了……

「你們快點給我接下去講……」旱魃很生氣，後果很嚴重……

蠟燭，滅了第二根。

大家趕快再次收回已經分散的精力。

「那接下來我來講一個。」東明饕餮躍躍欲試，「其實我看過的鬼故事還是很多的，因為都很搞笑……」

東崇的情緒指數再度直線下降。

東明饕餮慌忙咳嗽，「啊、嗯……這個故事其實是這樣的，不知道你們聽說過沒有，我們學校後山的蛇穴啊，其實裡面是鬼門，有一回幾個學生打掃蛇穴的時候不小心把鬼門打開了，有好多鬼出來……那段時間真是噩夢啊……」

「噩夢？」霈林海疑惑的反問：「難道從那裡面出來的鬼比較不一樣嗎？拜特學院裡的學生還會怕？」

「不是不是！」東明饕餮嚴肅的說：「比那個更可怕！本來大家的能力都被學校裡的感應咒壓制著，不是高級的鬼根本看不到，但那天鬼實在太多，硬是把感應咒弄壞了，鬼門要重新關閉需要一個星期的時間，結果大家只好和夜晚班的同學一起生活，上課的時候夜晚班的學生到處亂竄，我當時連老師都看不見了，只能看見滿眼的鬼啊鬼啊鬼啊……」

樓厲凡道：「這件事我好像也有所耳聞，據說最後把鬼門修復好以後都還有很多鬼魂在到處亂跑，害得當時所有的學生都提前了實習期，整整一年的時間都在抓鬼……」

「是啊！」東崇深有感觸，「所以我們現在是二年級，事實上應該是三年級了才對。」

樓厲凡說：「對你們殭屍來說，二年級和三年級有差嗎？反正都是一把年紀……」

東崇露出一個微笑。

樓厲凡也露出一個微笑。

空氣中劈里啪啦雷鳴電閃……

「呃……接下來……那個……」東明饕餮非常害怕樓厲凡的笑，緊張得連話都快說不清楚了，「接下來是厲凡你……該你講了……」

樓厲凡收回在空氣中和東崇火熱接觸的目光，回頭發現霈林海也處於看著他的臉而陷入嚴重恐懼的狀態。

「……你幹什麼？我笑起來很恐怖嗎？」

霈林海點點頭，發現樓厲凡的臉沉得可怕，慌忙又搖搖頭，可惜搖得太晚，他點頭的軌跡已經被樓厲凡看得清清楚楚。

樓厲凡氣得直笑，「好、好，霈林海你膽子越來越大了嘛……」

霈林海驚恐萬分，「不！厲凡你聽我說！事情其實不是你想的那樣……」

「天雷降落！」

轟然巨響。

火苗悠然晃動了一下，第三根蠟燭滅了……世界安靜了……

「我講的故事也很簡單。」樓厲凡平靜的說，眼睛仍直直盯著被天雷打得猶如焦炭一樣的人，「有兩個人聽說我們學校山後的某個地方有鬼，就去那裡驅鬼……」

有點耳熟的樣子……霈林海暗想。

「結果一個人受了傷，另外一個人蠢得要命，又不會驅鬼還在那裡礙事，害得另外一個人差點死掉……這樣也就算了，居然還能力暴衝！他本來使出極度空間漩渦，就已經把一個人弄成了殘廢，而另外一個人本來沒被鬼怎麼樣的，最後卻差點被他弄死！你們說他是不是很蠢？」

東崇和東明饕餮同時看了如焦炭般的人一眼，點頭道：「是很蠢。」

霈林海淚……外行又不是他的錯，能力太高也不關他的事啊！他也不想啊！

「所以，和這樣的人在一起，另外一個人就會很容易暴走，這也是很正常的吧。」

「沒錯，很正常。」兩人異口同聲。

霈林海沉在淚海裡，心道：這下好了，把事情全推到我頭上來了……天可憐見！我可什麼都（還）沒做啊！

樓厲凡點點頭，「很好，下一個故事。」

第四根蠟燭，顫抖著熄滅了……

東明饕餮舉手道：「那，我來說第五個。你們都知道我家是趕屍的吧，現在趕屍已經是副業啦，對付殭屍的工作才是主業。上次遇到一群殭屍……」

「你沒昏倒嗎？」

「是我弟弟遇到啊！」

「好好，你繼續說。」

「然後我們啊……」

就這樣，第六個、第七個、第八個……

夜，逐漸深沉。夜，逐漸逝去。蠟燭一根一根的熄滅，天空也在逐漸的從深黑，變成了彷彿被人揉入深藍的顏色。

「所以當時我就……」

「我也曾經遇到……」

「我家裡的……」

「我死掉以前曾經……」

「我小時候見到的……」

「然後殺了他……」

「所以說符咒有的時候還是不如空手……」

「撕裂那個鬼以後……」

第九十六個、第九十七個、第九十八個、第九十九個……

「……然後我就把它封鎖起來了。over。」

最後一根蠟燭，火光搖曳著逐漸熄滅，只剩下一縷輕煙嫋嫋升起。

雖然沒有了火光的映照，但對靈能師們來說，啟明星的光線已經足夠了。

然後他們在等，一分鐘過去、兩分鐘過去、三分鐘過去……

「喂，那故事不是騙人的吧？怎麼沒鬼出現？」東明饕餮極為不滿。

東崇也很疑惑，「是啊，按照傳說，說到一半的時候就該有陰風陣陣，講完立刻就有鬼群出來……鬼呢？」

樓厲凡打了個大大的呵欠，「誰知道，也許都搬家了。」

霈林海滿臉晴天霹靂的表情，「搬家了？為什麼沒人跟我們說！那我們什麼時候能見到百鬼傳說！」

「……見不到了吧。」

天邊逐漸發出亮白的顏色，光芒四射的太陽馬上就要升起來了，此時的陰氣下降，陽氣上升，無論怎麼想，除非是高級的鬼，否則根本不可能再出現。

白白說了一晚上鬼故事的四個人極度鬱悶，收拾好自己的東西，唉聲嘆氣的走了。

「據說所有到伯倫希爾來實習的學生沒一個能得到分數的……」

「啊啊，果然嗎？」

「什麼叫果然？」

「聽說這裡的鬼道行都很高，還會分辨靈能師，只要有靈能師在就不出現……」

「有這樣的事！怎麼不早說！」再度的異口同聲。

「早說也沒用啊……反正我們還是要努力去幹啊……總不能什麼都還沒開始幹就認定失敗嘛……」

「沒錯。」

「同意。」

「有哲理。」

如此這般，驅鬼的靈能師們相偕而去。

大概是太疲憊了，他們誰也沒聽到倉庫裡傳來的隱隱哭聲。

「嗚嗚嗚……是誰讓這種人進來的！居然在鬼住的地方說驅鬼的故事！這讓人怎麼敢出去嘛！嗚嗚嗚……好恐怖……嗚嗚嗚……」

簡而言之，其實不是鬼的段數太高，而是鬼的段數太低，他們的段數太高了……

專門在女人的棲息地出現的鬼怪能多厲害？最多不過是嚇人罷了。一看到靈能師出現，首要的選擇當然是逃走！可憐的學生們要能在這種情況下得到分數才真見鬼了。

總之，就是這樣……讓我們為倉庫裡的鬼和沒有得到分數的學生們集體默哀一秒鐘。

阿彌陀佛。

番外二《靈能師講鬼故事》完

敬請期待更精采的《變態靈異學院03》

Unusual
附錄漫畫

作者／蝙蝠
人設原案／TaaRO
漫畫／非光

非光

用電腦每小時會起來走走的上班族，
起身看遠處發呆也是一種享受！

FB：nlimme111

黑漆漆
……
妳是要我們幫妳學會怎麼笑嗎？
對。本來我只想找霈林海，
但你們畢竟是情侶，要是我只請求霈林海會造成誤會，所以連你也一起叫上……
妳說誰和誰是情侶！情侶之間的詛咒我們早就破除了！
妳聽見沒有！破除了！

而且，你聽清楚她剛才說什麼了嗎？
轉頭
她說…她不會笑…？
格鬥課時因為你這個該死的蠢材扯了我的後腿害我不得不和她對陣因為她是女人我是男人我根本不敢用力讓她成了那次實習的第一名她當時笑得比誰都開心難道你都不記得了？
……
擋下

你放開。
你不要因為輸給了我就這麼小心眼，這樣還算男人嗎？
如果被我絆倒一下就跪在那裡哭害我被周圍的閒雜人等群起攻之也算光明正大的話我當然沒話說。
你起來，我一定要砸死你…
厲凡！你少說兩句吧！

我家狗狗發飆了好恐怖(抖抖

天罪 NOVEL
夜風 ILLUST
打工勇者
銀霧魔女失蹤，漆黑騎士代工！
桃樂絲一黨大玩COSPLAY！
05
典藏閣
華文聯合出版平台
www.book4u.com.tw
采舍國際
www.silkbook.com
不思議工作室_
立即搜尋
版權所有© Copyright 2017

novel M.貓子
illust 麻先みち
全套六集，全國各大書店、網路書店、租書店，持續熱賣中！
我家門前有狐仙
家教狐仙扮神探
狐仙愛的京都畫遊
愛與正義的狐仙
純情女友俏狐仙
狐仙幸福我來顧
松雅記事
系列
動物或妖怪報恩的故事，大家都耳熟能詳，
但是……「繫狐仙報恩」是哪招？
當冷面毒舌店長 遇上 天然純(蠢)真小狐仙
人類與狐仙纏綿悱惻的愛戀……
——不、不對！是人類被狐仙拐騙當助手當男傭當飼主啊啊啊！(╬￣皿￣)
典藏閣
華文聯合出版平台
www.book4u.com.tw
采舍國際
www.silkbook.com
不思議工作室_
立即搜尋
版權所有© Copyright 2015

創世記典Online萬聖嘉年華：
我的王者變公主?!
Novel 蒼濡 illust touko
不惡搞，就不是創世記典Online！
打飛天女巫、打南瓜怪、打蝙蝠……
萬聖節主題活動哪能那麼平凡！於是——
遊戲官方的好心(?)成了王者與扉空的最大惡夢!!!
隨書附贈驚喜彩色拉頁！想看女裝版王者和扉空？那就買書吧！
典藏閣
華文聯合出版平台
www.book4u.com.tw
采舍國際
www.silkbook.com
不思議工作室_
立即搜尋
版權所有© Copyright 2016

飛小說系列 157

變態靈異學院 02

一起臥底去誘惑狼男吧

出版者■典藏閣
作　者■蝙蝠
封面設計■ChenWen.J
總編輯■歐綾纖
製作團隊■不思議工作室
封面繪者■TaaRO
拉頁繪者■花信
漫畫繪者■非光

郵撥帳號■50017206 采舍國際有限公司（郵撥購買，請另付一成郵資）
台灣出版中心■新北市中和區中山路 2 段 366 巷 10 號 10 樓
電　話■(02) 2248-7896　傳　真■(02) 2248-7758
物流中心■新北市中和區中山路 2 段 366 巷 10 號 3 樓
電　話■(02) 8245-8786　傳　真■(02) 8245-8718
ISBN■978-986-271-743-1
出版日期■2017 年 2 月

全球華文國際市場總代理／采舍國際
地　址■新北市中和區中山路 2 段 366 巷 10 號 3 樓
電　話■(02) 8245-8786　傳　真■(02) 8245-8718

新絲路網路書店
地　址■新北市中和區中山路 2 段 366 巷 10 號 10 樓
網　址■www.silkbook.com
電　話■(02) 8245-9896
傳　真■(02) 8245-8819

☞您在什麼地方購買本書？☜

1. 便利商店（________市／縣）：☐7-11 ☐全家 ☐萊爾富 ☐其他________

2. 網路書店：☐新絲路 ☐博客來 ☐金石堂 ☐其他____________

3. 書店（________市／縣）：☐金石堂 ☐蛙蛙書店 ☐安利美特animate ☐其他_

姓名：__________地址：____

聯絡電話：________________ 電子郵箱：____________________________

您的性別：☐男 ☐女 您的生日：西元__________年__________月__________

（請務必填妥基本資料，以利贈品寄送）

您的職業：☐上班族 ☐學生 ☐服務業 ☐軍警公教 ☐資訊業 ☐娛樂相關產業

☐自由業 ☐其他____________

您的學歷：☐高中（含高中以下） ☐專科、大學 ☐研究所以上

☞購買前☜

您從何處得知本書：☐逛書店 ☐網路廣告（網站：______________） ☐親友介紹

（可複選） ☐出版書訊 ☐銷售人員推薦 ☐其他____________________

本書吸引您的原因：☐書名很好 ☐封面精美 ☐書腰文字 ☐封底文字 ☐欣賞作家

（可複選） ☐喜歡畫家 ☐價格合理 ☐題材有趣 ☐廣告印象深刻

☐其他____________________

☞購買後☜

您滿意的部份：☐書名 ☐封面 ☐故事內容 ☐版面編排 ☐價格 ☐贈品

（可複選） ☐其他

不滿意的部份：☐書名 ☐封面 ☐故事內容 ☐版面編排 ☐價格 ☐贈品

（可複選） ☐其他

您對本書以及典藏閣的建議____

____

____

✌未來您是否願意收到相關書訊？☐是 ☐否

✎感謝您寶貴的意見✎

刮品

$3.5
請貼
3.5元
郵票
不思議信箱
FUSIGI POST

235 新北市中和區中山路二段366巷10號10樓

華文網出版集團　收

（典藏閣－不思議工作室）

變態靈異學院 Vol.2

This college
is a little strange.

Novel 蝙蝠 × Illust TaaRO